KB260522

문학 장르 융합을 시도한 시 수필집

내 고향은 천사의 섬

내고향은 천사의 섬

초판 1쇄 찍은 날|2013년 10월 1일
초판 1쇄 펴낸 날|2013년 10월 5일

지은이|김덕일
펴낸이|최봉석
펴낸곳|도서출판 해동
출판 등록|제05-01-0350호
주소|광주광역시 동구 남동 167-3
전화|(062)233-0803
팩스|(062)225-6792
이메일|h-d7410@hanmail.net

값 12,000원

ISBN 979-11-5573-006-5 03810

문학 장르 융합을 시도한 시수필집

내 고향은 천사의 섬

김 덕 일

시수필(詩隨筆) 집을 내며

수필에 입문한지 어언 20여년이 되었다.

걸음마 시절에 중간부분이나 말미에 시를 인용한적이 있었다. 어느 땐가 원로 작가의 수필작법을 경청하게 되었다. 수필 속에 시를 삽입시키는 것은 삼가하는 것이 좋다고 했다. 왜냐면 수필의 순수성을 해치는 일이라고 꼬집으면서 분량을 늘리기 위한 수단으로 오해 받기 쉽다고도 했다.

그 후로는 수필과 시는 거리가 먼 것으로 알고 삼가 했었다. 그러나 수필도 시화전이나 시낭송회처럼 대중들에게 쉽게 접근해가면 좋을 것이라는 생각은 해를 거듭할수록 더욱 깊어졌다.

언젠가는 전남문인협회 행사로 시화전이 있을 때 수필 한 문장을 액자로 만들어 출품했었다. 그리고 세 번째 수필집은 시집처럼 포켓용으로 만들기도 했었다. 하지만, 그것은 책 크기를 줄였을 뿐 내용은 전통수필이었다. 최근에도 간혹 수필화전이나 수필 낭송회 등 수필의 시화를 꿈꿨었다.

속마음을 알아준 듯 2009년 현대수필에 연재된 안성수*의 수필

*안성수 : 제주대학교 교수, 수필가, 문학평론가

오디세이를 접하게 되었다.

그는 '시수필(詩隨筆)을 찾아서'란 글에서 새로운 수필형식과 그 실험을 위하여

① 시수필의 개념과 미학

② 시수필과 순수시의 미적거리

③ 시수필의 창작실험

④ 시수필의 미래와 의의를 설명하고 있었다.

이에 크게 동감하면서 몇 년 준비한 시수필을 한 권에 모아봤다.

책이 나오기까지 도와준 화백 한내 이웅성(李雄成) 님과 사랑하는 아내, 손녀, 손자, 그리고 도서출판 해동 관계자 여러분께 감사드립니다.

2013. 9.

인헌(仁軒) 김 덕 일(金德一)

233　제3부　시수필과의 만남

제1부

내 고향은 천사의 섬

내 고향은 천사의 섬

스물한 살 봄
초등학교 교사가 되어
00군 섬으로 발령을 받았다.
지역민들이 고향을 물어오면 '목포'
라고 했다. 섬에서 나고 자란 것이 한스
러워서였을까? 아니면, 그들보다 우월해 보
이려는 심사였을까? 고향을 업신여긴 철부지가
철이 든 것은, 늦은 군대생활 2년째인 스물다섯 살
때였다. 경남이 고향인 친구를 만났다. 그는 틈 있을 때
마다 구수한 사투리로 고향 자랑을 잘 했다. 지리산
동쪽함양의 뛰어난 풍광이며 유서 깊은 문화재에
대해서 이야기해 준다. 군청에서 근무하다
입대해서일까? 좌우간 남다른 고향 사랑
마음에 나는 큰 감명을 받았었다.
그 이후로 고향을 속인 죄책
감을 간혹 탓하게 되었다.
왜 고향을 올바르게 말
하지 못하고
우물쭈물하거나 안절부절하며 살아왔던가?

고향을 속여 무슨 좋은

일이 있었는가? 어떤 이득을

보았는가? 고향을 고향이 아니 라고

하는 것은 내 부모를 부모가 아니라고 하는

이치와 같지 않은가? 낳아주시고 길러주신 부모님이

변변치 못하다고 해서 부모가 아니라고 할 것인가?

고향을 원망함은 부모님을 원망하는 것이다. 고향

을 미워함은 부모를 미워하는 불효이다. 세상

에 나를 존재케 해준 1004의 섬!

그 속에서 숨 쉬며 영양섭

취 하고 자라서 어

른이 되었다. 이

제부터라도 고

향이 신안군

이라고 떳떳

하게 자랑

하며 멋

지게 살

리라.

천사의 섬 신안

삼십 여 년 전
해남 ○○중학교에
부임 했을 때의 일이다.
교직원과 육성회 임원 연석 만찬
때였다. 주연이 이어지면서 정담이 오고가는데
연세 지긋한 분이 고향을 물었다. 신안군 압해도라고 대답 했다.
그분은 그 뒤로 대화를 하면서 30대 중반인 나에게만 반말을 한다.
또래는 물론이고 20대 후배들까지도 높인 말을 쓰면서. 나는
부아가 치밀었다. 그사람은 ○○민씨 였다. 경주김씨가 훨
씬 왕족이라고 핀잔을 주었다. 섬 출신
이라고 업신여겼던 그는 곧 사과했다.

그 이후로도 나의 삶에서는
고향을 거론 할 때가
많았다. 40대 후반
고등학교 교감을 할
때나, 50대 장학사를
할 때. 그리고 중등
교장을 할 때, 친분이
두터운 사람들이 간혹, '섬 ○ 출세했다'고 한다.

농을 하면

싫지 않았다. 그것

은 말하는 그 사람이 내

고향 '1004의 섬'을 인정하

고 있는 증거이기 때문이었다.

사람들은 참으로 묘한 일면이 있다.

하찮은 것을 숨기다가 탄로 나면 덮으

려고 또 다른 거짓을 꾸민다. 거짓은 정

신적 불안이나 심리적 부담감을 수반한다.

건강한 삶을 유지하기 위해서라도 정직하리라.

내 고향은 천사의 섬이라고 떳떳하게 말하며 살리라.

향교가 있었던 지도읍

지도읍은
조선시대에
지도군청(1869)이 들
어서면서 번창하였다. 현재의
신안군을 포함해 목포, 율도, 영암
나불도, 영광, 안마도, 위도까지를 관할하였
었다. 45년간 군청소재지여서 일찍 개발되었던
고장. 일제 때(1914) 지도군이 폐지 무안군이 되었다,
조선 고종 때
1군1학교 원칙에
의해 향교(1898)가 세워졌다.
섬 주민들이 처음으로 국가에서 베푸는
교육 혜택을 받았으니 그때의 학생들 기분은 어
떠 하였을까? 생각만하여도 신바람이 절로 났으리라.

지도읍에는 비석거리가 있다.
만호, 관찰사, 어사, 군수들의 비가 27개.
옛날이나 지금이나 죽어서까지 이름을 남기고자한
인간욕심? 아니면 영원불멸을 믿는 어리석음 일까?

두류산 정상에는
1901년에 조성된 '두류 단'이
있다. 조선후기의 유림 이향로, 기정진,
최익현, 김평묵, 나유영을 모신 곳이다. 위정
척사를 바탕으로 한 민족 사상이 발달되었던 곳
임을 알 수 있는 대목이다. 두류단 옆 바위에는 김
평묵 유허지 였음을 알려주는 제자들의 이름이 암각
되어져있다. 온전한 형태로 보존되어 졌다니 반갑다.

지도는 신안군에서
맨 처음으로 해제반도와 연륙된 곳이다.
신안군 유일의 송도어판장에는 민어, 농어, 병어
등이 사철 펄떡거리고 임자 새우젓이 밥맛 돋운다.
이곳에서는 매년 6월초순 신안병어축제가 개최된다.
용왕제, 길놀이, 장기자랑 등 하루해가 짧기만 하다.

농어촌에서
사라진지 오래된 장터
이건만 이곳 5일장은 지금도
활발하다. 지도읍민들은 물론이고
인근의 증도면, 임자면, 해제면 사람들까지
한데 어울리는 잔칫날이 된다니 반갑기 그지없다.

이밖에도
백년초 제품과
어머니 고향 쌀이 유명하다.
영하에서 해풍을 맞으며 자란 토종
노지 백년초는 성분이 탁월해서 가공
품이 전국적으로 유통되고, 드넓은 간
척지에서 생산된 질이 좋기로 소문난
어머니 고향 쌀. 특산품 상표를 달
고 전국방방곡곡으로 달려
가고 있으니 기쁜 일이
아닐 수 없다.

지도읍

조선시대 군청 향교 소재지
위정척사 민족혼 펼쳤던 곳
일찍 명사들이 배출된 고장
장 하도다 그 이름 지도읍

신안 유일의 '송도' 어판장
병어, 민어, 농어 팔딱거리고
신안 '병어축제' 입맛돋운다
장 하도다 그 이름 지도읍

해풍에 자란 토종 노지 백년초
화장품 건강식품 전국 퍼지고
'어머니고향쌀' 방방곡곡 간다
장 하도다 그 이름 지도읍

바다를 누른 압해읍

압해는

동쪽은 무안군

서쪽은 암태면과 안좌면이 멀리 보인다.

남쪽은 목포시와 해남군, 북쪽은 지도읍과

증도면이 있다. 인접한 주변지역들과의 사이는

빙 둘러 해협이다. 그러므로 압해도(押海島)는

이름 그대로 바다를 누른 섬이다.

압해읍의 지형은

세 갈래 Y자형이고 끝과 끝은 약 30리 이다.

상공에서 내려 다 보면 용의 형상이라고 한다.

그래서였을까? 마을 이름에 용자를 많이

붙였다. 복용리, 가룡리, 신용리 등등.

여러 마을 곳곳에서 발굴된 지석묘나

선돌이 있으며, 많은 전설로 보아

신석기시대부터 사람이 산 것으로 추정된다.

만조가 되면

섬전체가 바닷물에 잠긴 듯 떠있는 해발 180m

정도의 봉우리 3개가 겨우 육지임을 알려 준다.

황토 땅에는

옛날에 무, 배추,

참외, 수박이 뒹굴었는데

요즈음엔 포도, 무화과, 배 등이

철따라 풍성하게 익는다. 특히 당도가

높아 각광을 받는 배는 전량 수출품이다.

간조가 되면 섬을 둘러싼 회색평야가 질펀하게 드

러난다. 뭍의 면적보다 더 넓은 갯벌에는 초록색

감태가 널려있고, 농게, 서렁게, 짱뚱어들이 구

멍을 들락거리며 사랑싸움을 한다. 갯벌 속

에서는 낙지, 굴, 고막, 바지락들이 춤

을 추고 도랑에서는 망둥어, 새우,

숭어들이 이리 뛰고 저리

뛴다. 이렇게 풍요로운

내 고향 압해도.

태어나고 자란 것을

부끄러워하고 원망했었다.

소년시절에 너무나 가난했던 탓일까? 중 · 고등 학교

다닐 때 십리 길을 걸어 나와 30분간 통통배타고,

목포에 온다. 때로는 아침배가 갯벌위에 있었다.

유달산 바라보며 통학길이 육지라면!

오늘날의 압해읍

광주에서 압해 읍을 가려면 나주, 함평, 무안을 지나
압해대교를 건너야 한다. 압해대교를 지나면 차창
밖으로 스쳐 지나가는 광활한 개펄이 반겨준다.
소재지를 지나 송공항을 가노라면 동서리
서쪽들녘에 우뚝 솟은 선돌이 발길을
멈추게 한다. 높이 약5m, 폭 1m.
옛날 사람들은 저 큰 돌기둥
을 어떻게 세웠을까?
의문스럽다.

송공 항에 도착하니 고깃배는 보이지 않고 창공을 맴
도는 몇 마리의 갈매기들이 길손을 반겨 준다. 암
태도로 이어지는 천년대교? 공사가 한창이다.
그 틈새를 비집고 오가는 연락선이 정겹다.
송공항에서 동쪽 해안도로를 맴돌면
송공산 남쪽 기슭에
천사의 섬
분재공원이
반겨준다.

5천 만평 해변정원은 포근하기 그지없고 바다로 이
어져 가슴이 뚫리며 파도소리가 밀려온다. 계획성
있게 식재된 다양한 수목들. 사이에 조화롭게
전시된 1,000여점의 수석. 공간마다 백 살
을 자랑하는 분재 200여점. 기기묘묘
한 실내 분재원. 그리고 야생화원
과 장미원, 생태연못 등이 곁
눈질을 할 수 없게 만들고
억겁의 숨소리가 멈추지
않는다. 뿐이랴, 수목
원 사이사이에 휴
식처가 있고,
분재다루기 체험 학습관도 마련해 놓고 있었다.

볼거리에 넋이 팔려 점심시간을 잊었더니 뱃속이 야단이다.
공원 앞 식당을 찾아 낙지볶음을 시켰다. 압해도 하면 낙지
인데 5월 축제 철이 지나서 아쉽다. 낙지는 머리, 몸통,
팔로 되어있고 달걀모양의 몸통 속에는 심장, 간, 위,
장, 아가미, 생식기가 들어있다.

낙지머리에는 좌우에 한 쌍의 눈이 있고, 입모양 빨
대로 물을 흡입하면서 호흡한다. 팔은 8개이며
두 줄 흡반이 있어 붙거나 먹이를 잡는다.
입은 팔 가운데 있으며 날카로운 턱
판이 있다. 지쳐 쓰러진 소에게
낙지 두세 마리만 먹이면
벌떡 일어난다고 한다.
해서인지, 낙지볶음을 먹고 나니 힘이 절로 솟는다.

분재공원 북쪽 송공산에 올랐다. 해발 약180m의 7부
능선을 맴돌게 만들어 놓은 산책로가 잘 가꾸어져
걷기가 편하다. 남쪽으로 내려 보이는 광활한
시하 바다! 호수 같은 타원형의 수평선
끝자락에 진도가 졸고, 왼쪽에는 유
달산과 화원반도가 휘어 돌며
오른쪽엔 암태도, 팔금도,
안좌도, 장산도, 하의도
가 이어지고 있다.

송공산 성지는 정상에 축조된 석성이다. 고려이전의
것으로 전해오고 있으나 확실한 축성연대는 알 수
없다. 정상에는 소형 석루와 우물이 있다.

왕산성지는 고이리 왕산에 있다. 동남쪽은 산 능선을
따라 축성되었고, 서북쪽은 산기슭과 중턱에 축성
되었다. 성의 형태는 부정형으로 높이 1.5m
폭3m, 정도 길이 1000m정도가 현존하고
나머지는 대부분 붕괴되었다,

가룡리에는 우리나라 정(丁)씨의 시조가 살았던 곳.
당나라에서 열네 살 때 문과에 급제했던 정 덕성
이 서기 85년에 두 아들을 대리고 유배를 왔었다.
그 묘역을 정승동이라 부르고 있다. 장남은
영광정씨, 차남은 나주정씨 시조가 되었다.

새천년으로 접어들면서
압해도는 약진의 박동이 뛰기
시작하였다. 압해대교가 2008년에 개통되고,
2011년 5월에는 신안군청이 옮겨 왔으며, 2011년 12
월에는 압해읍으로 승격되었다. 앞으로 무안운남과
연륙되고 암태와 새천년대교가 건설되면, 압해
읍은 천사의 섬 관문이 될 수밖에 없다.
서남해 중심항구 발돋움이 눈앞에 있다.

압해도 사람

우리나라 서남해의 한 섬마을/ 홀뫼, 돌뫼, 송공산 정기 받아/
고고의 울음을 터뜨렸나니 /오- 그대이름은 압해도 사람.

갯내음 맡으며 지혜를 얻고/ 바다 너울 보고 용기를 키워/
갈매기 꿈 흰 구름에 띄웠나니/오- 그대이름은 압해도 사람.

큰 뜻 이루려는 성실한 삶/ 촌음도 아까워 노력하지만 /
꿈엔들 잊을까 그리운 고향/오- 그대 이름은 압해도 사람.

압해도 찬가

한반도 서남단 동경 125도 북위 34도/ 바다를 누르고
엎드린 용 한 마리/신석기 시대부터 삶의 텃밭이었고/
다양한 농산물 풍요로운 수산물/복 되도다
그 이름 압해도/영원무궁하리라

2000년을 맞아 용이 비상을 꿈꾼다/천사의 섬 징검다리
뭍으로 연결되고/신안군 소재지 서남해의 중심항구/
동북아시아의 국제항으로 발돋움/ 장 하도다
그 이름 압해도
영원무궁하리라

25

그리움이 없는 사람은 압해도를 보지 못 하네

‘그리움이 없는 사람은 압해도를 보지 못 하네’는
노향림 시인의 첫 시집이다. 그는 어렸을 적 목포
북항에 살면서 아침저녁 매일 압해도를 건너다보며
자랐다. 비오나 눈이오나, 봄, 여름, 가을, 겨울.
눈만 뜨면 압해도가 보였을 것이다. 그때 압해도는
때로는 안개 속에 졸고 있고, 어느 때는 하얀 눈
속에 파묻혔으리라. 그는 동심의 꿈을 압해도와
대화하며 키웠던 것이 분명하다.

시인은 청년기를 훨씬 지나서 첫 시집
‘그리움이 없는 사람은 압해도를 보지 못 하네’
(서울, 문학사상, 1992)를 냈다. 여기에는 압해도에
대한 연작시 60여 편이 수록되어져있다.
그리고 이어서 두 번째 시집 ‘그가 있는 이유’
(서울 도서 출판사 한겨레, 1993)를 출간했는데
그 속에는 압해도에 관한 시가 40여 편이나
포함되어져있다. 그중에서 ‘압해도’라는 시는
가곡으로 널리 애창되어지고 있다.

압 해 도

시_ 노향림
곡_ 최영석
노래_ 박정하

섬진강을 지나서 영산강을
지나서 가자 친구여
서해 바다 그 푸른 꿈 지나
언제나 그리운 섬 압해도 압해도로 가자
가자 언제나 그리운 압해도로 가자

창밖엔 밤새도록 우리를
부르는 소리 친구여
바다가 몹시도 그리운 날은
하늘과 바다가 맞닿은 섬 압해도 압해도로 가자
가자 언제나 그리운 압해도로 가자

하이얀 뭉게구름 저 멀리 흐르고
외로움 짙어지면 친구여
바다 소나무 사잇길로 가자
늘리보다 더 외로운 섬 압해도 압해도로 가자
가자 언제나 그리운 압해도로 가자

해저유물이 숨었던 증도면

증도는 2010년에
지도읍 사옥도와 연결한
증도대교가 개통되어 이제는
수시로 왕래할 수 있게 되었다.
신안군에서는 흑산면 다음으로 관광
객이 많이 찾는 명승지가 되었다. 최근
엘도라도리조트가 들어서면서부터였다.
지명은 전증도와 후증도 두 개의 섬이 연륙되면서
전과 후를 삭제하니 자연스럽게 증도가 되었다. 옛날
부터 섬 전체가 물이 귀하다하여 시루섬 이라고도
불렀단다. 그래서 태양과 바람에 의해 생산되는
천일염의 명승지가 되었을까?

우리나라에서 단일 염전으로서는 최대의 소금 생산지
인 광활한 태평염전은 찾는 이들의 뜬 눈을 감을 수
없게 만든다. 옆에 있는 2007년에 개관한 소금
박물관이 손짓을 한다. 소금역사와 문화를 알
수 있고, 소금 체험 프로그램에 참여 할
수도 있다. 소금 창고도 볼만하다.

증도 서쪽에

펼쳐진 폭 백 미터의 십리 길

은빛 모래 벌. 그 이름도 유명한 우전 해수욕장.

수평선 위 90여개의 무인도가 저녁노을 받으며 점점

이 떠 있는 것을 보면 넋을 잃지 않을 사람이 없다.

뿐이랴, 해변 동쪽으로 병풍처럼 둘러 쳐진 울창한

송림. 그 사이에 잘 가꾸어진 산책로 걷노라면

뙤약볕도 저만큼 물러선다.

해수욕장 남쪽 끝자락엔 엘도라도리조트

가 숲속에서 숨바꼭질을 하며 이국적 정취를 물씬

풍긴다. 수십 채의 숙소와 한증막, 노천탕 등. 해양

휴식 공간에 밀려드는 손님을 제대로 수용 못해

아우성이다.

해수욕장 동북쪽엔 갯벌 생태전시관이 있다.

1층에는 생동하는 갯벌, 갯벌 세계여행, 풍요로운

갯벌이 있고, 2층에는 갯벌체험 학습장이 있으며, 3층

은 연구실과 회의실이다. 전시관으로부터 뭍으로 500

m이어지는 갯벌위의 아취형 짱뚱어다리. 그 위를

관광객들이 걸으며 소리를 지른다. 갯벌에서 뛰어

다니는 짱뚱어. 구멍을 들락거리며 장난치는 짱뚱어.

다리를 들고 사랑싸움하는 농게.

모두가 신기롭기만 한가 보다.
이곳에서는 매년 8월 3일부터 5일 까지 신안 갯벌
축제가 열린다. 대동마당, 창작마당, 노래공연,
힐링캠프, 슬로투어 등 다채로운 행사가 전개된다니
꼭 한번 참석해 봐야겠다.

증도의 서북쪽
맨 끝 해안에 당도하면
국가지정 문화재 사적 74호를
관리하는 사무실이 있고 옆에는 넓은
주차장이 있다. 송.원대의 유물이 발견되어
발굴했던 방축리 앞바다이다. 600여 년간을 이곳
해저에서 잠을 자다 세상에 나온 2만 3천여 점의
보물. 모두 국립박물관으로 옮겨졌기 때문에
이곳에서는 한 점도 구경할 수가 없어서
아쉬웠다. 14세기에 중국 무역선이
침몰 되었던 것으로 추정하고 있다.
발굴된 것은 도자기가 2만 여점, 자작
향나무목기가 1천여 점, 금속류가 5백여
점이며 기타가 1천 5백여 점이란다.
지금도 바다 속 어디엔가
청자 백자가 반겨 줄 것만 같다.

증 도

지도읍에서 연륙교 두 개를 통과한 섬
들어서면 태평염전이 나그네를 반겨주고
전증도 후증도 한 몸 되었네

‘우전해수욕장 송림’‘엘도라도리조트’
방문객 예약필수 차례를 기다리니
성급한 길손 석양노을에 눈시울 젖네

‘갯벌생태전시관’ 보배로움 인식하고
‘짱뚱어다리’ 녀석들 사랑싸움 웃으면.
해저유물 발굴현장 시계침 뒤로가네

한국의 유일한 사막 임자면

임자도는 신안군의 최북단에 위치하고 있으며, 동쪽
엔 지도읍, 서쪽으로는 무변대해, 남쪽에는 자은면,
북쪽으로는 바다 건너 영광군 낙월면이 있다.
임자면은 원래 대둔산, 삼학산, 불갑산
검무산 중심으로 분리 되었던 4개의
섬이었으나 조류, 바람에 의해 산이
침식되고 흘러내린 토사가 퇴적되어
하나의 섬이되고, 섬 전체가
모래 언덕으로 형성되었다.

토질이 사양토 이어서였을까?
섬 전체에 들깨가 많이 자생되고 있었단다.
그래서 지명이 임자(荏子 : 들깨).
자연의 섭리가 오묘하다.
갯바람이 심하게 불고나면 들과 산이 모래로 뒤덮여
버리고 만다. 그렇지만 곳곳에는 물치 또는 모래치라
고 부르는 물웅덩이가 있다. 모래가 머금고 있던 수
분이 한곳으로 흘러 내려서 모아진 우물인 셈이다.
일명 오아시스라고나 할까?

이러한 임자도의 지질을 학자들은 중동지역에서나 볼
수 있다고 한다. 사막 지형 특색을 고스란히 간직
하고 있는 셈이다. 해서, 뭇사람들은 임자도를
'한국의 유일한 사막' 이라고
애칭하기도 한다.

대광해수욕장은
선착장에서 북쪽으로 5km쯤 떨어진
대기리와 광산리. 하얀 모래 벌로 이어져있다.
두 마을의 앞 글자를 따서 대광 해수욕장 이 되었다.
우리나라에서 가장 길고 넓고 깨끗한 해수욕장으로
명성이 높다. 드넓게 펼쳐진 백사장 길이는 30리.
폭도 300m나 된다. 해수욕장 끝에서 끝까지 걷노
라면 약1시간 30분이나 소요된다. 자전거로 달려도
30분이나 걸리는 광활한 백사장이다. 섬 하나 없이
이어지는 수평선을 바라보노라면, 아름다운 풍광에
콧노래가 절로 나온다. 지난 90년에 국민 관광지로
지정됨은 너무나도 당연한 일인 것 같다. 샤워장,
주차장 등의 편의 시설이 완벽하게
갖추어져 있어서 많은 피서객
들이 찾아와도
좋을 것 같다.

대운산 정상에는 조선숙종 때(1711) 축조된 것으로
알려진 퇴뫼식 산성이 있다. 나라를 지키기 위한
배려가 깊은 섬까지도 이루어진 것을 볼 때
절로 숙연해 진다.

조선시대 말기에
선양했던 위정척사 사상을 지도읍에서 고찰
해 봤었다. 그런데 이곳 임자면에서도 유림대표
4인이 화산단을 세워 그 사상을 고양 시켰다. 낙도
까지 나라사랑 마음이 한결 같았으니 조상들의 큰 뜻
을 우리들은 꼭 본받아야할 것 같다.

임자면에서는 매년 두 가지의 큰 행사가 있다.
봄에는 튤립축제 (4월20일~29일)이고, 여름엔 민어
축제 (8월 11일~12일)이다. 튤립 축제는 대광 해수
욕장 동쪽 10만 제곱미터 부지에서 만발한다. 빨강,
노랑, 자주, 흰색 등 70 여종 600만 송이가 선명한
자태를 뽐낸다. 축제장은 도보 산책도 좋지만 꽃
마차를 타고 동심으로 돌아가면 더욱 좋다.
딸랑딸랑 정겨운 말방울 소리. 딸각딸각
신나는 말발굽 소리. 꽃동산에 왕자가
되고 꽃밭에 선녀 공주가 된다.

민어 축제는 드넓은 대광 해수욕장에서 개최 된다 .
말목으로 고정된 바다 속 그물에서 고기 잡는
개매기체험. 그물로 고기를 둘러싸서 끌어
당겨 고기를 잡는 후리질체험. 해변 모래
조각 만들기, 가족 해변 미니 골프대회,
남녀 씨름 대회, 노래 자랑 등등.

민어는 미네랄이 풍부하여 고
혈압, 당뇨에 좋다. 노약자
또는 병자를 위한 여름철
바다 보양식으로도
최고라고 한다.
내년에는 꼭 참석해보리라

임 자 도

‘들깨’가 많이 자생하였다하여
붙여진 이름 임자도(荏子島)
우리나라 유일의 사막지형이기에
‘모래치’, ‘물치‘ 많은 오아시스 우물
오 찾고 싶은 임자도!

한반도서 가장 넓고 길고 청결한
‘대광해수욕장 국민관광지’
섬 하나 없이 이어진 아름다운 수평선
승마하는 길손 콧노래가 절로난다
오 찾고 싶은 임자도!

봄에는 600만송이 튤립축제
여름엔 개매기 후리질 민어축제
몰려오는 관광객 피서객 때문에
철선 나룻배 터질세라 걱정 되네
오 찾고 싶은 임자도!

은혜를 베푼 섬 자은면

자은 지명은
중국인 두 사춘과 관계가 있다고 한다.
두 사춘은 조선선조 25년 임진왜란 때
명나라 이 여송을 따라왔던 병졸 이었다.
그가 목숨을 잃을까 두려워 부대를 이탈 피신해
온 곳이 자은도였다.
지형지세가 모난 데가
없고 평탄하며 사람들도 인심이
무척 좋았다. 주민들의 보살핌으로 생명을
보존한 그는 고향으로 돌아가면서 한없이 고맙고
감사하며, '은혜를 베풀어준 섬'이라고 칭송했다.
그래서 자은도(慈恩島)라는 지명이 되었다고 한다.

은혜를 베푼 섬 서쪽 광활한 백사장에 서면, 여기가
과연 우리나라인가 하는 생각이 든다. 너무나도 이
국적이면서도 그림 같은 바다위로 수평선이 끝도
없이 펼쳐지기 때문이다. 한 개의 면에
해수욕장이 많기로는 전국에서
최고일 것이다.

해안선 12km을 따라 펼쳐진 9개의 해수욕장 마다
은빛 모래사장이 춤을 춘다. 그 이름도 특이하여
백길, 외기, 분계, 면전, 신성, 양산, 내치, 신들,
둔장 해수욕장. 이곳 모든 해수욕장들은 수심이
얕다. 그리고 모래가 하얀 규사 이므로 몸에
붙지 않고 깨끗하기 그지없다. 금방이라도
뛰어들고 싶은 충동이 일어난다. 해변
노송군락 아름다움 또한 일품이다.
여름 가족 휴양지로 최적의
조건을 갖춘 셈이다.

해수욕장과 주변 농경지가
모두 사양토이기에 옛날에는
땅콩 재배 단지로 각광을 받았다고 한다.
해서인지, 지금도 넓은 들녘에는 가옥이 띄엄
띄엄 자리 잡고 있어 이국적인 정경을 만든다.
요즈음엔 땅콩 재배가 수지맞지 않기 때문에
대파와 방울토마토를 많이 재배 한다.
이제 자은면은 대파 주산지로 탈바꿈 되었다.
이곳 대파는 바닷바람 영향으로 품질이 매우
좋아서 전국적인 특산물로 각광을 받는다.
박수를 보낸다.

대파 재배 기간에는
대파 밭에 뿌려지는 스프링클러의 시원스런
물줄기가 장관을 이루어, 자은면 볼거리로 떠
오르고 있다. 또한 새로운 소득원으로는 방울토
마토다. 단맛이 무척 뛰어나 수확하기 바쁘게 팔려
나가고 있다. 그래서 너도나도 봄이 되면 대파를
수확하기가 바쁘게 토마토 심기에 열심이다.

자은도는 암태도와 은암대교로 연결되었다,
암태도서 30분이면 압해도로 나가 육지로 연결되니
교통이 무척 편리해졌다. 그래서 요즘 피서객들의
발길이 끊이지 않고 있다.

해수욕장마다 아름드리 소나무.
끝을 헤아릴 수 없는 수평선.
그사이로 넘어가는 해.

동해의 해돋이가 하루의 희망이라면,
서해의 해넘이는 내일의 기약이리라.
그러기에 미래를 위해
낙조의 황홀경을 동공에 담아본다.
아름다움이 지금도 눈에 선하다.

자 은 도

이방인에게 은혜 베푼 섬
그 이름 자은도 엄마 품이어라

광활한 백사장 이국적 정취
해변 노송군락 일품이구나

삼십리 해안선 아홉 골마다 해수욕장
해마다 느는 피서객 즐거운 아우성

방방곡곡에 알려진 자은도 특산물
땅콩, 대파, 방울토마토
그 명성 영원히 무궁하여라

새가 나는 모양의 비금면

섬의 모양이
새가 날아오르는 형상이다.
그래서 비금도(飛禽島) 라고
불리게 되었다 고 한다

비금도 도착하면 먼저 해안가를
가득 메운 염전에 놀라지 않을 수 없다.
가장 먼저 천일염전을 시작한 곳으로 유명하다.
일제 때부터 강우량이 많은 신안 지방은 천일염을
만들기 어려운 곳으로 알려져 있었다. 그런데 평안
남도 주을염전으로 징용을 갔던 박 ○○씨가 해방
이 되자 고향에 돌아와 개펄을 막아 구림염전을
1946년에 개척한 것이 시초란다. 그때만 해도
주을염전에서는 바닷물을 솥에 끓이는 방법
으로 소금을 만들었었다고 한다. 그렇지만
이곳 구림염전에서는 바닷물을 염전에
올려 증발 시켜서 소금을 만들었다.
국내 최초의 천일염전
이라고 할 수 있다.

증발에 의한 구림염전의 소금 제조 방법은
주변 신안군과 기타지역으로 빠르게 보급되었다.
그리고 비금에서는 1948년에 450세대의 주민들이
대동염전조합을 결성하고 보리개떡과 나물죽을
먹으며 100만 제곱미터(약 30만평)의 광활한
염전을 조성해 냈었다고 하니 장하다.

5 · 16 쿠데타 직후에는 화폐개혁과 더불어 소금 값이
뛰어 염전 인부들까지 돈지갑 실밥이 터질 정도였다
고 한다. 그때는 비금도 하면 '돈이 날아다니는 섬'
으로 통했다. 지금이야 외국소금이 수입되고 화학
소금이 쏟아져 옛 천일염 호황시절은 추억의 갈피
속으로 숨겨졌으니 안타깝다.

비금도는 동서가 길고 남북이 짧으며, 동쪽엔 성치산.
서쪽에는 선왕산이 있다. 그사이에 드넓은 들판에는
겨울철이면 진초록 시금치가 장관을 이룬다.
게르마늄 토질에서 자란 시금치는
상표 「비금섬초」
등록품으로 유명하다.
두뇌 활동 촉진, 면역증진, 성인병예방 등
건강식품으로 모든 사람들에게 각광을 받고 있다.

해발 255m의 산왕산에 오르는 등산코스는 4가지다.
어느 등산로를 택하든지 간에 시원한 바닷바람이
상쾌하기 그지없다. 얼음처럼 잔잔한 바다위로
떠있는 섬들. 그들은 한 폭의 그림을 그린다.
뿐이랴, 하얀 염전과 푸른 벌판이 뒤섞인 풍광은
너무나 아름다워서 눈을 감을 수가 없다.
다도해 해상국립공원에 속해있는 해안은 그 절경이
말할 것도 없고 내륙의 바위도 오묘하여 길손들은
홍도의 비경에 버금간다고 한다.

섬 북쪽의 하트모양 해변은 청춘의 추억을 모으고,
서해에서 밀려온 명사십리 모래 벌은 빨갛게 핀
해당화로 단장한다. 이곳에서 바라보는 해넘이는
너무나도 아름다워 붉은 태양뿐만이 아니라
그것을 바라보는 사람들까지도 바다 속으로
빨려 들어 갈 듯 황홀경에 빠진다.

칠발도는 비금도서쪽 고서리 앞바다에 있다. 1982
년에 지정된 천연기념물 제332호. 희귀조 바다제비,
쏨새, 갈새, 바다쇠오리의 번식지이다.
무인등대가 있어 오가는 배 항로를 안내한다.

역사적인 유적지로는 성치산성을 손꼽을 수 있다.
고려시대 때 축조된 것으로 추정되는데 이 성의
높이는 12m가량이다. 1231년 몽고가 침입하기
이전만 해도, 산성 아래 넓은 땅에서 군사훈련을
하느라고 군인들 함성과 말발굽 소리가 요란 했었
다고 한다. 그 소리가 되살아 울려온다. 지금도
성치산성 맨 꼭대기에는 봉화대가 뚜렷이 남아있다,
흑산도 봉화를 받아 유달산으로 전했던 것이다.

비금도를 둘러보면서 유적이 많음에 놀라지 않을 수
없었다. 근대문화 유산 283호로 지정된 내촌리의
담장은 지나칠 수 없는 코스였다. 길이는 약 3km,
담장 높이는 약 1.5m로 일정하며 폭은 40~60cm이다.
막돌로만 쌓은 것, 막돌과 흙을 교대로 쌓은 것,
시멘트몰탈을 사용하여 쌓은 것, 세 종류이다.
돌담 쌓기 시대적 변화 모습을 한 눈으로 볼 수
있어서 귀중한 자료로 여겨진다. 십리 길을 걸으
면서 선조들의 혼을 새겨 본다.

비금 민속으로는 밤달애 풍습이 유명하다. 죽은 사람
혼을 달래고 극락왕생을 기원하기위해, 상가에
마을 사람들이 밤새워 노래한다.

비 금 도

우리나라 천일염전 원조의 땅
지금은 비금섬초로 유명하네.
오! 유적의 고장 비금도

천연기념물 해조류 번식지 칠발도
하트해변 명사십리 빨간 해당화
오! 유적의 고장 비금도

고려 때 군사훈련 성치산성 봉화대
근대문화유산 내촌리 담장 십리길
오! 유적의 고장 비금도

옛 교역 기항지 도초면

도초도는

신라시대 때

당나라 교역 기항지였다.

당나라 사람들이 도초의 지형을 볼 때 자기나라 수도

장안과 똑같은 형태이며, 섬에 초목이 무성하여

도초(都草)라고 불다.

유인도 7개와 무인도 47여개가 11개 행정 부락으로

구성 되어졌는데, 비금면과는 서남문대교로 이어졌다.

아취 형 다리 밑으로 미끄러져 들고나는 흑산도

왕래의 쾌속선이 한 폭의 그림을 그린다.

시목해수욕장은 여행명소로 첫손에 꼽는다.

모래사장 주변에 감나무가 많아서 시목이라는 이름이

붙여졌지만 이에 뒤질세라 해당화가 시샘해 아름답게

피는 곳이다. 해수욕장은 남쪽을 제외한 삼면이 야산

과 전답이 막고 있어 호수 같은 아늑함을 준다.

해수욕장 앞에는 큰 바위가 있는데 날씨가 흐리면

바위가 움직이는 것과 같은 착각을 일으키게 한다.

해서, 사람들은 '농간암'이라고 부른다.

도초면은 다른 고장보다
마을 안녕을 기원하는 장승들이 많은 편이다.
고란리에 있는 갓을 쓴 석장승은 점잖고 의젓하다.
반면, 외남리 석장승은 턱밑에 작은 구멍들이 송송
뚫려 코믹한 표정 이다. 선조들의 익살스런 유물들이
찾는 길손들에게 여유로움을 주어서 고마울 뿐이다.
고려와 조선시대에는
귀양지로 알려졌으며 흑산도와 중국 장쑤성을 잇는
상업 통로였다. 1981년 면 전체가 다도해해상국립
공원으로 지정되어져 개발이 안 되고 있다.

신안군 도서 중에서
가장 넓은 들 고란평야에서는
쌀, 보리, 고구마, 담배, 시금치가 재배되고 있다.
도초면은 유적이 많다
본도에는 고란리장군상, 금석문, 김천일의 효행비,
발매리 전통 초가집, 석장승, 만년사, 한산사 등의
사찰이 남아있고, 우이도에는 고산 최치원
유적지와 손암 정약전 유배터가 있다
나주목으로 속했을 때는 마을 이름이 순우리말이었다.
섭다리, 물목골, 죽뻘, 밤석골, 되내기, 건들, 배날리, 활목,
달게, 대섬등. 얼마나 아름답고 정겨운 지명인가?

전국 어디에서나 초가집 보기가 어려운데,
발매리에는 전통적 초가집 다섯 채를 보존하고 있다.
집둘레로 섬 지방 바람막이용 돌담이
2m 키를 자랑하고 있어 반가웠다.
천사의 섬 지방 고유한 유산으로 초빈이라는 것이
있었다. 도초는 지금도 간혹 볼 수 있는 곳이다.
이는 상주가 고기잡이 나갔는데, 갑자기 상을 당해
기다리기 위해 볏짚 이영. 임시적으로 조성된 분묘
형식이다. 죽음을 확인하기위한 뜻도 있었다.
이러한 초빈은 2~3년이 지난 다음 묘로
이장을 하게 되는 것이 일반적이었다.

소의 귀를 닮았다는 우이도는
도초면에 속하는 모래섬으로 유명한 섬이다.
모래언덕은 수직고도가 약 50m이고, 경사면의 길이는
100m정도가 된다. 30도 넘는 경사면에서 모래 미끄럼
타는 재미는 동심으로 돌아가지 않을 수 없을 것이다.
모래로 예술품을 빚어 놓은 듯한 착각 속에서 우이도
정상에 오르면 발아래 펼쳐지는 돈목해수욕장과
큰 대치. 그 일대의 풍광과 출렁대는
흰 거품은 쪽빛 바다에 어울려
영화장면을 연상시킨다.

고운 최치원이

중국으로 유학가던 길에 우이도 성산에

들렀을 때 극심한 가뭄이 들어 비를 내리게

했다는 전설과 바둑을 두었다는 돌. 지금 남아있다.

우이도는 손암 정약전이 돌아가신 곳이 기도하다.

1814년 동생 정약용이 강진에서 해배되었다는

소식을 듣고 가까운 우이도로 왔었다.

흑산도 사람들이 와서 모셔 갔지만,

또 몰래 우이도로 나왔었다고 한다.

1816년 동생도 못보고

58 세로 돌아갔다.

흑산도 사람들이

와서 장례를

치뤘다고 한다.

도 초 도

지형이 당나라 수도와 비슷하고
섬에 초목이 많다하여 그 이름 도초도(都草島)
신라 때 교역중심지 지금은 흑산도 관문이어라

감나무, 해당화로 호수이룬 시목해수욕장
전설어린 금석문. 신안 제일의 고란평야
산과 바다 아름다워 해상국립공원이어라

사찰, 코믹한 석장승, 전통가옥 다섯 채
순한글 지명. 죽뻘 건들 활목 달게 대섬
우리의 전통이 살아 숨 쉬는 고장이어라

소귀 닮은 우이도 모래언덕 유명하고
최치원 전설 품고 정약전 슬픔 서린 곳
돈목해수욕장, 큰 대치 영화장면이어라

바다와 산이 검은 흑산면

얼마나 푸르다 못해

검게 보였을까? 산도 바다도 검정빛

그 이름 흑산(黑山). 유인도11, 무인도89, 합100개,

흑산군도는 천혜의 관광보고.

1981년부터 전체가 다도해 해상국립공원이 되었다.

동지나해의 어업전진기지 흑산도.

습지로 유명한 흑산도 옆 대장도.

섬 전체가 천연기념물인 홍도.

석주대 바위의 절경을 품은 영산도.

촛대바위 자랑하며 시범어촌인 다물도와 대둔도.

연중 바다낚시 명소로 이름난 상. 중. 하태도.

중국 닭 울음 들리는 최 서남단 가거도.

흑산면 유일의 반달 몽돌해수욕장 만재도.

흑산면을 구성하는 이 모든 섬들을

흑산군도(黑山群島) 라고 칭한다.

50여 제곱키로의 광활한

지역이 모두 천연 보호

구역인 셈이다.

흑산도는 목포 서남단 92.7km, 동경125도 북위34
도에 위치한다. 바닷물 속에서 불쑥 솟아올라온 섬.
갖가지 형상을 하고 있는 절벽바위들. 억겁 세월
속에 파도와 싸우며 빚어낸 기암괴석.
농사는 꿈도 꿀 수 없으니 어업에 종사할 수밖에.
요즘엔 일부 주민들은 관광서비스업으로 바뀌었다.

흑산도를 구경하는 방법은 두 가지다.
하나는 일주도로 24km를 돌며 자연과 문화유적을
보는 방법, 다른 하나는 배를 타고 동굴, 홍어마을
등을 돌아보는 방법. 각각 2시간 30분 소요된다.

흑산도는 뭍에서 멀리 떨어진 고도중의 고도다.
면암 최익현과 손암 정약전이 떠올려진다.
최익현(1833~19060)은 병자수호조약(1976) 반대
상소 때문에 이곳에 유배되었다. 서당을 세워
후학을 가르쳤다. 그리고 면암은 천촌리
손바닥바위 지장암에 '독립된 대한민국을 알리는 글'
'기봉강산 홍무일월(箕封江山 洪武日月)'을 새겼다.
정약전(1758~1816)은 천주교 신유박해(1801)로 인해
완도신지도를 거쳐 이곳에 15년 동안 유배되었다.
그는 주민들과 허물없이 친숙했으며,

서당을 개설하여 공부를 가르쳤다.
그리고 '자산어보'라는 귀중한 문헌을 남겼다.
이 책은 227종의 어류와 해산물을 채집 관찰하여
명칭, 모양, 분포, 실태, 효능 등을 기록해 놓았다.
저자는 이곳 주민 장 덕순의 도움을 받았다고
밝히고 있다. 그 얼마나 곧은 선비인가.

흑산도에는 많은 문화 유적이 있다.
용왕 풍어제, 멸치잡이 노래, 상리산성지, 지석묘군,
일신당(최익현 서당), 복성제(정약전 서당), 패총,
해조류 번식지, 석탑 및 석등, 이미자 노래비 등.
용왕풍어제 지금도 매년 다음과 같이 진행되어진다.
3인의 제관이 선정되고 3일 동안 지성을 드려 제를
지낸다. 첫날은 진리당 (성황당, 각시당, 처녀당)에
제사를 지낸다. 제관들은 허수아비로 제작된 용왕과
자문자답하고 덕담을 나눈다. 풍어제가 끝난 둘째
날은 술배놀이농악을 한다. 마지막 날에는
송신제를 지내고 막을 내린다.
진리 마을에는 수령 3~5백년이 된 고사목이 있다.
주위에 천연기념물 제369호인 초령목 30여 그루가
자생하고 있다. 초령목이란 일명 귀신나무라고도
한다. 가지를 불전에 꽂아 귀신을 부르기 때문.

흑산도 하면 특산물 홍어를
빼놓을 수 없다. 홍어는 연골어류로써
가오리과에 속한다. 마름모꼴이며 등 부위는
갈색에 하얀 둥근 점이 흩어져 있고 배는 흰색 이다.
전남 서남해안 지방의 잔칫상에는 홍어가 빠지지 않
는다. 막걸리와 곁들여 먹는 홍탁이 유명하지만,
홍어 앳국, 구이, 회, 포, 찜으로 요리해 먹기도
한다. 홍어 없는 손님 접대는 실례다.
경인지역에서는 전라도 특히 전남 사람들을 홍어라고
비아냥거린단다. 심지어 야구장에서 기아팀을 홍어팀
이라고 한다니, 흑산도 홍어가 너무나 유명해서 시샘
하는 것일까? 아니면 홍어 맛이 독특한데서 연유된
것일까? 자산어보에는 홍어를 분어라 하였고 속명을
홍어라 하였으며, 본초강목에는 태양애 또는 하애
(연 모양 고기)라 한다. 홍어가 무슨 잘못이라고.
홍어를 사랑해주면 고맙겠다.
홍어는 흑산도 근해에서 9월부터 11월 사이에
많이 잡힌다. 옛날에 수산물이 흑산도에서
목포를 지나 영산포까지 올라가면 다른
고기는 상해서 먹을 수가 없게 된다.
하지만, 삭혀진 홍어는 특이한 냄새와 맛을 선사한다.
절대 배탈 나는 법이 없으니 즐겨 좋아할 수밖에.

가거도는 소흑산도이다.

면적 약 9제곱키로 약 470여 명이 산다.

호박나무와 산세가 좋아 '가히 사람이 살 수 있는 섬'

이라고 하여 가거도라 했다. 세 개 마을이다

신안군에서 가장 높은 산이 이곳의

독실산 해발 639m이다. 산 중턱 밑으로

산림이 매우 좋다. 산에 오르는 자연 경관이

너무나 아름다워 최근에는 전국에서 등산객들이

몰려오고 있다. 독실산이 즐거운 비명을 지른다.

주민들 대다수가 어업에 종사한다. 사시사철 낚시인

과 관광객이 끊이지 않는다. 가거도 패총이 지방기

념물 130호, 멸치잡이 노래가 지방 무형문화재 22

호로 지정되었다. 구굴도 뿔쇠오리, 바다제비 등

해조류 번식지가 천연기념물 341호로 되었다.

가거도8경은 독실산 정상의 조망, 회룡산과

장군바위 돛단바위와 기둥바위, 섬등바위

절벽과 망부석, 구곡 산 살구꽃 앵화,

소등일출과 망향바위, 남문과

해상터널, 국흘도와

칼바위이다.

이 아름다움 경치를 언제쯤 돌아볼 수 있을런지?

홍도는 면적 약 7제곱키로 인구는 약 450여명인데
대다수 주민이 1구에 살고 2구는 극소수다.
이 섬에는 270여종의 상록수와 170여종의 동물이
서식한다. 이를 보존하기 위해 1965년에 섬 전체가
천연기념물 170호로 지정 되었다.
옛날 중국과 교역 때 바람을 피한다고 대풍도.
고려시대에는 바위가 붉은 옷이라는 뜻으로 홍의도.
이조 숙종 때는 홍어가 많이 난다고해서 홍어도.
일제강점기에는 아름다운 매화꽃 모양. 해서 가화도.
광복이후 바위들이 붉다 해서 홍도가 되었다.
경관이 빼어난 섬은 이름도 자주 변하는 것일까?
끝없는 사람의 욕심 아닐까?
주민들은 주로 어업에 종사하였으나 요즈음엔 관광
객이 끊이지 않아 장사가 주 소득원이 되고 있다.
홍도관광은 배를 타고 섬을 돈다.
사진기 셔터 누르는 소리가 요란하고, 기암괴석 10
경을 구경하면서 탄성을 토해 낸다. 차례로 남문바위,
실금리 굴, 거북바위, 만물상, 부부탑, 석화굴,
독립문바위, 탑섬, 슬픈여바위, 공작새바위를
감상하며 황홀경에 빠진다.
해상에서 회 한 점에 소주 한잔했던
추억이 아롱거리며 지금도 눈에 선하다.

만재도는

재물을 가득 실은 섬. 또는 해지면 고기가 많이 잡히
는 섬이라고 해서 붙여진 이름이라고 한다. 우리나라
에서 뱃길이 가장 먼 섬이며, 흑산군도에서 유일하게
해수욕장이 있는 섬으로 반달모양의 몽돌해변엔
끝없는 멜로디가 있다. 기기묘묘한 바위섬 4개.
특히 해발50m의 녹도는 전체가 주상절리란다.

태도군도는

흑산도에서 가거도 쪽으로 2시간 정도 달려가는 섬
들이다. 상태도, 중태도, 하태도 그 밖의 무인도가
태고적 숨결이 그대로 남아 있는 것 같다고 한다.
남해와 서해가 만나는 교차점이므로 어류와 해초류
가 많다. 천혜의 낚시터이기에 꾼들의 발길이
멈추질 않고, 많은 해녀들의 물질하는
모습이 아름답기 그지 없단다.

영산도는

섬 안에 영산화가 많이 핀다하여 붙여진 이름이란다.
예로부터 영산8경. 당산창송, 기붕조휘, 비류폭포,
천연석탑, 용샘암굴, 비성석굴, 석주대문, 문암귀문
이 유명하다지만 보지 못하였으니 그림 속 떡이다.

다물도와 대둔도는

흑산도 북쪽에 다정스럽게 이웃하고 있다

여러 가지 물고기가 많이 잡힌다하여 다물도이고

대둔도는 세 마을이 하나 되어 큰 섬이어서 붙여진

이름이다. 다물도는 우럭양식, 대둔도는 전복양식이

활발하며, 해안바위는 모두가 기암괴석을 자랑한다.

특히 학바위, 칠성굴, 돛대바위가 유명하다.

대장도와 소장도는

서로 닿을 듯하면서 흑산도

서쪽 바로 인근에 있는 섬이다.

우리나라 도서지방의 고산습지로

유명한 장도습지는 해발 225m에 위치한다.

이곳은 이탄층(유기물함량이 20%이상인 토층)이

잘 발달되어있어 동식물의 서식공간으로서 조건이

좋으며 수자원 보존과 정화기능이 우수한 습지이다.

이에 국제적인 '람사습지'로 인정 받았다.

＊ 람사협약 : 자연자원의 보존과 현명한 이용을
위한 국제적 약속(1971년 제정)

흑 산 군 도

한반도 서남단 이백 삼 십리
푸르다 못해 검은 흑산군도
백 개의 섬 천혜의 관광보고
다도해 해상국립공원이라네

억겁 세월 기암괴석 만물상.
홍어, 초령목, 희귀동식물 천국
독실산 발아래 펼쳐진 비경
모든 것이 천년기념물이라네

용왕풍어제 멸치잡이노래
진리지석묘군, 패총, 석탑, 석등,
일신당, 유허비, 복성제, 자산어보,
다양한 문화유적 왕국이라네

330년 만에 농토 찾은 연꽃 모양 하의면

하의도는

'연꽃이 물위에 떠있는 모습'이란다.

해서, 연꽃 하(荷)와 옷의(衣)를 써서 하의도.

마을들은 대부분 산기슭에 자리 잡고 승곡 포구에

들어서면 넓은 들녘이 다가온다. 논과 밭으로 가득

해 육지로 착각하기 쉽다. 예로부터 농사가 주업

이었기에 그들에게 토지는 삶의 원천이다.

이곳 사람들은 이 땅에 대하여 피와 눈물이 3백3십

년 맺혔다. 통한의 역사를 간직한 셈이다. 장구한

세월 농지탈환을 벌였던 섬 하의도, 상태도, 하태도.

토지를 빼앗겼던 사연은 이러하다.

이조선조의 맏딸 정명공주 불치병.

공주를 치료한 홍계원은 부마가되고 3개의 섬 하의,

상태, 하태를 4대까지 무토사패로 받는다. 국가에서

사패기간이 지났다고 세금을 받아가고, 홍 씨 후손도

계속 징수해간다. 이중 결세에 시달리는 주민들은

대표자 윤 세민과 김 호진을 한양에 보내 직소 한다.

그러다 일제강점기가 되었다. 그들은 일본인과 결탁

하여 소작료를 계속 징수해간다.

이에 주민들이 소송하여 승소 한다.
그러자 후손들은 일본인들에게 팔아 넘겨버린다.
일본 오사카에 살던 하의 교민들이 농민조합을
결성해, 일본 농민조합과 소송을 벌이던 중 광복을
맞는다. 그러나 기쁨도 한 순간. 1946년 미군정
토지 관리청 신한공사가 소작료를 요구한다.
이에 분노한 주민들이 지서를 파괴한다.
경찰 발포로 많은 사람들이 희생되었다.
1949년 국회진상조사 끝에
토지반환 특별법이 국회를 통과한다.
3백 3십 년에 걸친
하의농민운동은 막을 내린다.
이 얼마나 한 많은 사연인가!
이 얼마나 눈물겨운 이야기인가!
현재의 하의면과 신의면 선조들께서 피눈물로 겪은
실화이다. 그분들의 긴 세월 용기를 흠모해 본다.

하의도는 지조 높은 유학자 초암 김영의 고장이기도
하다. 어려운 가정형편에도 서당을 지어 후학을
양성했다. 높은 학문을 배우기 위해 신안은 물론
나주에서까지 수백 명 제자들이 모여들었다고 한다.
신간 서적이라면 국내는 물론 중국, 일본까지

돌아다니며 2천여 권의 고서 필사본을 모았다.
그는 항상 정직하게 살 것과 예절을 숭상했다.
1965년에 제자들이 덕봉강당을 지어 선생이 남긴
성라대전 등 166책과 1430여권의 서적을 소장했다.
2001년에는 신안군에서 전시관을 건립하여
서적과 유물을 과학적으로 보관하고 있다.
필히 찾아봐야 할 유적이다.

요즈음엔
하의도하면
김대중 대통령의 고향이 연상되어진다.
민주주의와 인권의 상징이며 노벨평화상 수상자,
거목을 배출시킨 곳. 축복받아 마땅한 섬이다.
그분이 어려서 살았던 곳 후광리.
옛 집터에 18평의 집이 원형대로 복원됐다.
내 외국인의 관광객들이 쉼 없이 찾는단다.

하 의 도

천사의 섬 남쪽
해상국립공원 안에
떠있네 연꽃 하의도

산기슭엔 마을
평지는 온통 전답
섬 아닌 육지 하의도

농토항쟁 삼백년
역사적 인물 탄생지
영광이어라 하의도

상태도와 하태도가 반달이룬 신의면

신의면을 구성하는 상태도와 하태도는
70년대 초까지는 하의면에 속했다.
74년에 하의면 신의 출장소가 설치되고
83년에 신의면으로
승격 되었다.

하의면에서 분가했으니 신의면일까?
상태도와 하태도가 좌우제방으로 이어져
남과 북의 지형이 반달 모양이 되었다.
유인 도는 4개이고 무인도는 30여개로
해안선이 81km에 불과한
소규모의 면이다.

농경지는 적고 염전이 많으며
소금 생산량이 신안 면단위 중 가장 많다.
옛 부터 이곳은 '3백의 고장'으로 유명하다.
3가지 흰 것은 목화, 쌀, 천일염
목화는 간곳없고 소금은 지금도
특산물로 각광을 받고 있다.

유적으로는

상서리 뒷산 고인돌 무리가 유명하다.

청동기시대의 지석묘로 추정 된단다.

50여기가 산 아래서부터 중턱까지 있다.

옛날 집단 무덤지였던 것으로 보고 있다.

상태 서리에 위치한 '안산성지'는

높이는 30m, 둘레는 400m 이고

서와 남은 급경사요

동과 북은 완만하다.

아담하고 예쁜 봉우리 모습이 정겹다.

이름도 아름다워라

황성금리 해수욕장!

길이는 180m, 폭은8m.

바람에 날리는 고운모래.

100m를 들어가도 꼭 같은 수심.

어린이 멱 감기에 최적지가랄까.

해수욕장을 감싸고 있는 해송이 더욱 어울린다.

신 의 도

상태도 하태도 한몸되어
아름다운 섬 반달되었네

　삼백 섬 명성 변해서
신의면 명품 소금이라네

청동기시대 상서고인돌
선조 얼 온 누리 펼치네

　황성금리 비단모래
관광명소 피서지라네

여섯 산줄기가 이어진 장산면

장산도(長山島)는

해발 200m 이하의 여섯 개 작은 산

즉, 오음산, 새양골산, 토미산, 아미산(배미산),

대성산, 부학산이 연결된 한 줄기 산처럼 보여서 붙

여진 이름이란다. 하지만, 굽은 해안선 갯벌마다

둑을 쌓아 경작지가 되다보니

지형이 감자 모양으로 변했다.

산과 구릉지를 개간하여 밭을 만들고,

갯벌을 매립한 간척지는 논과 염전이 되었다.

해변마저 없으니 전형적인 농촌일 수밖에 없다.

신안군에서 가장 남단에 자리 잡은 장산도.

원해(遠海)로 나가는 길목으로 인근 도초도와 함께

삼국시대부터 해상교역로였다.

그때 중국과 일본의 전통적인 항로가 '노철산수로'

였다고 한다. 산동 반도에서 발해만을 건너 요동

반도를 지나 압록강 하구에 이른다. 그리고 한반도

서해안을 따라 남해안 다도해를 거쳐 일본으로 갔다.

이 항로는 비교적 순탄하여 선박들이 안심하고
항해 할 수 있는 뱃길이었다.
그러기에 장산도와 도초도는 옛날에 3국을
잇는 해상교역로의 중심지였다.

장산들노래는
모심기할 때 풍년을 기원하는 노래로
너무나도 유명하게 알려진 민요다.
천사의 섬마다 비슷한 모심기 노래가 있었다,
중모리와 중중모리의 변화가 경쾌하기도 하지만,
애수에 젖는 한과 내면의 깊은 맘을 드러낸다.

1981년에는 제12회 남도 문화재 최고상을 받았
었고, 제23회 전국 민속예술 경연대회에서는
국무총리 상을 수상하였다.

장산들노래 비와 전수관이 세워져있다.
기능 보유자 김 부자로부터 전수되고 있다.
방학 때면 전국 대학생들이 많이 찾아든다.
이곳에선 밭 메기 노래,
씻김굿 노래, 길쌈노래도
전수되어지고 있다니 반갑다.

면소재지 도창리 길에는 노거수림 팽나무
100여 그루가 350m에 걸쳐 위풍을 자랑한다.
양곡보관 위장용이라는 설과
마을 방품림용이라는 설이 있다.
어떻든지 고풍스런 수림 잘 보존되길 빈다.

독립운동가 전 병준(1893~1972)이 장산에 안장
되어져 있다. 한국민족문화 대백과 사전에는 투사의
고향은 목포로 되어있다. 잘못 기록된 것은 아닌지?

역사적인 장산도임을 증명해 주는 유적들도 많다.
도청석실고분, 대성산성지, 고인돌, 토성지, 목장터.
도청리석실고분은 부여지방에 분포하고 있는
괴임식 돌방무덤인 것으로 보아 6세기 중엽부터
7세기 초의 백제 지배층 무덤인 것으로 추정된다.
무덤 속에서는 쇳조각, 인골이 수습되었다.

대성산성지는 화강암제로 높이 4m, 폭 2.5m로 백제
시대 때 축조된 봉화대. 왜병 출몰 감시용이었다.

장 산 도

여섯 개 야산이 이어진 긴산(長山)
산과 구릉 개간지 전형적인 농촌 일세

삼국시대 중.일 해상교역로 중심지
석실고분, 대성성지 ,역사적인 고장 일세

장산들노래, 길쌈노래, 밭 메기 노래,
나그네 흥에 겨워 덩실덩실 춤추네

안창도와 기좌도가 합해진 안좌면

1917년에 두 섬이
제방에 의해 완전히 합해졌다.
그래서 안창도의 안(安)과 기좌도의 좌(佐)를 따서
안좌도가 되었다. 이제는 하나의 큰 섬이며 문자
그대로 편안한 고장이다.
야산과 간척지 들판이 많다.
염전이 요즈음엔 대하양식장으로 바뀌어 소득원이
되고 있다. 유인도10개, 무인도53개. 사치도를
제외하곤 모든 섬은 해변에 모래가 없고 갯벌이다.

특산물은 해태다.
지금도 전통방식 그대로의 김 양식이다.
갯벌에 지주를 세우고 발을 설치하여, 간만의 차로
충분한 일조량을 쐰다. 때문에 검은 윤이 번질거리
며. 질이 좋고 맛이 뛰어난다. 신토불이 평품이다.

안좌면에는 6곳에 55개의 지석묘가 있다.
무덤에선 돌칼, 빗살무늬 토기,돌화살촉이 나왔다.
청동기 것으로 옛부터 사람이 살았다는 증거이다.

안좌도는 천연기념물 제 201호 고니의 도래지다.
수면이나 갯벌을 5m쯤 달려 비상하고, 잠잘 때는
한쪽 다리로 서고 다른 다리는 아래 배에 감추며,
목은 등 뒤로 돌려 날개 밑에 파묻는다. 열을
외부로 빼앗기지 않기 위한 지혜로운 삶에 박수를
보낸다. 그리고 한 번 짝짓기를 하면 평생 함께
산다니 우리도 배워야할 백조 부부의 금실.

한국 추상화 선구자
김환기는 1913년 안좌에서태어나
1936년 일본 니혼대 미술학부졸업하고
1946년부터 6.25까지 서울대 교수를 지냈다.
국전심사위원을 역임하다가 1956년 파리로 떠났고,
1965뉴욕으로 옮겨 살다가 1974년 61세로 서거했다.
그의 작품세계를 동경, 서울, 파리, 뉴욕시대로 구별
하는데, 한국적서정주의를 서양모더니즘에 접목시킨
화가였다고 평하는 것이 일반적인 경향이다.
그의 생가가 지방문화재 146호로 지정되어져 100년
이 지났어도 잘 보존되고 있다. 1910년에 부친이
지은 집이다. 백두산에서 원목을 안좌도까지 운반해
왔다. 건축 양식도 북방식 ㄱ자형 기와집을 연출했다.
요즈음엔 미술 학도들과 관광객이 끊이지 않는다.

70년대의 영화
'섬 개구리의 만세'를
모르는 사람이 있을까?
그 영화 실화 무대가 이곳
안좌초등학교 사치분교였다.
1972년 5월 전국소년체전에서
사치분교 농구부가 준우승을 했었다.
기적 같은 일이었기에 엄청난 뉴스
거리였고 어린이들 모두는 6월
에 청와대로 초청되었었다.

2010년 천사의 다리가 안좌도에서 박지도까지 480
미터, 그리고 박지도에서 반월도까지 910미터 만들
어져 관광지로 발돋움하고 있다. 목교 폭은 약2미터,
총길이는1400미터로 보행에 안성맞춤이다.
목교를 걷노라면
썰물 때는 갯벌 위를 걷는 기분이고
밀물 때는 바다 위를 걷는 기분이다.

안 좌 도

안창도와 기좌도 합해져 안좌도
밭둑 넘는 마늘, 갯벌 덮는 해태
낮은 산 넓은 들, 편안한 삶의 터전
안좌도라네

고인돌 옛 고을, 고니 도래지
섬개구리 만세, 김환기 생가
천사의 다리, 볼 것 많은 관광지
안좌도라네

여덟 가지 새 모양의 섬이 하나 된 팔금면

팔금면은

금당산 섬과 부속 섬 일곱 개가

간척사업으로 하나가 된 면이다.

여덟 개 유인도는 여덟 가지의 새 모양을 하고 있다.

까치, 오리, 원앙, 백로, 닭 등. 그래서 팔금도 란다.

또 한편으로는 새처럼 생긴 금당산이

매도, 거문도, 거사도, 백계도, 우너산도, 매실도,

일금도 등 어덟 섬들을 거느린다는 설도 있다.

동쪽은 멀리 압해도와 유달산. 서쪽은 비금도, 남쪽

은 안좌도. 북쪽은 암태도와 이웃하고 있다.

안좌도하고는 신안 제1교로 연결되고

암태도와는 중앙대교로 이어졌다.

이제는 외로운 섬이 아니다.

수입원은 쌀과 보리, 마늘이다.

해태, 갯지렁이도 생활을 돕는다.

특산물은 대하, 참다래, 유자다.

더욱 풍요가 깃들면 좋겠다.

삼층 석탑은
팔금면 읍리에 있다.
지방유형 문화재 71호다.
기단부 위에는 탑신부가
있고 정상에는 상륜을 장식했다.

높이는 2.3m이고 사각모양이다,
화강석이며 고려시대 후기의 작품이란다.
특이한 것은 탑신부 각층의 모습이다.

낙수면 처마 끝이 약간 반전되었어도 둔한 모습이
아니란다. 이와 같은 구조는 경주 나원리,
장황리에 있는 5층 석탑과 비슷하다고 한다.
이런 걸작품이 낙도에 있는 것이 신기하다고 한다.

팔 금 도

여덟 개의 새 모양 섬들

한 몸 되어 팔금도

남쪽 안좌도 북쪽 암태도

걸어서 왕복 하네

쌀, 보리, 마늘, 대하, 해태.

춤추며 잘도 크네

병풍바위가 자태를 뽐내는 암태면

늠름한 기상을

자랑하는 암태도

나그네 선창에 내리면 승봉산(350m)에 압도된다.

바위가 병풍처럼 둘러 싸여져 있고, 섬에 돌이 많

이 흩어져 있다. 그래서 큰 바위 섬 암태도.

남강에는 이조시대 김 처한 선정비가 있다.

그는 전라우수사 시절 섬 주민들의 다섯 가지 민폐

탄원을 받고 네 가지는 곧바로 해결해 주었다. 한

가지는 부적합하다고 그대로 두었다. 210여 년 전

에도 훌륭한 관리가 있었음에 놀랍다. 요즘 관리들

귀감이 되었으면 하는 마음 간절하다.

본섬 수곡리와 부속 섬 추포리를 잇는 노두길.

어느 지역에서도 볼 수 없는 2.3km의 명물이다.

썰물 때 추포리 사람들의 전천후 뭍으로 나오는 길.

미끄럼 방지위해 해마다 돌을 뒤집어 주어야했다.

2006년 노두 옆으로 시멘트 도로가 개설 되었다.

차가 왕복한다니 주민들은 얼마나 반가운 일인가!

매향비는 한반도에서
지금까지 다섯 곳에서 발견 되었다.
유일하게 섬에 세워진 송곡리 매향비는 높이 157cm,
너비 65cm, 두께 30cm이다. 자연석 평면 7행의 글씨
가 음각되어졌고, 건립이 1405년이니 꾀나 오래 된
것이다. 이밖에 매향비는 고성(1309), 정주(1335),
사천(1387), 해미(1427)에도 있다고 한다.

매향비는 내세에 미륵불의 세계에 태어날 것을 기
원하면서 강이나 바다 또는 땅에 향을 묻어 두고
그 사실을 기념하기 위하여 세운 비다.
매향비는 미륵신앙과 연결된다.
현실위주의 구세 또는 기복적인 것으로
고려 말부터 조선 초에 집중적으로 나타났다.
시대적인 불안감을 해소하고 새로운 세상을 염원
했던 것. 특히, 불교에 대한 억제책이 강화되던 조선
초기에 극락정토로 갈 것을 기원하는 비밀스러운
의식이 더 많았던 것으로 보인다.
매향은 주로 민중들이 했고,
발원자들이 공통적으로 느끼고 있는
현실적 위기감을 바탕으로 한
순수한 민간신앙 이었다,

암태도 소작인 항쟁은
1923년 8월부터 1924년 8월까지
1년간 있었던 사건이다.
소작인들이 소작료 인하운동을 벌였다.
지주와 충돌하자 왜경이 소작인 대표들을 구속했다.
분노한 6백여 명의 소작인들이 목포로 나와 검찰청
을 점거하고 격렬하게 저항하였다. 소작인들의 강한
단결력 표현이었다고 할까? 사회혼란 확대를 우려한
일제와 지주의 양보심이 맞아떨어져
소작료 40%가 쉽게 결정되었다.

이러한 소작인항쟁은
전국농민운동에 영향을 미쳤고
지속적인 항일운동으로 발전하였다고 한다.
당시 지주는
그 이후로 독립자금을 협찬했고,
목포에 학교를 설립해 후진 양성에 매진했다고 한다.
농민과 지주 모두 암태도 큰 바위 뜻인가 보다.

암태도 (巖苔島)

병풍처럼 둘러선 승봉산

큰 바위 얼굴 암태도!

모두가 늠름한 기상이어라

남강선정비, 소작쟁의

익금우실, 송곡우실

한 마음 평화 모범이어라

송곡리 매향비 미륵사상

수곡, 추포 노두길 되어

자애롭고 후한 인심이어라.

제2부

인간은 세수하나마나

인간은 세수 하나마나

나에게는 두 가지 별명이 있다.
하나는 30대에 얻은 세수 하나마나이고
다른 하나는 50대에 붙여진 하회탈이다.

세수 하나마나한 얼굴로 인해 간혹 연극 한 토막의
주인공이 된다. 흰 얼굴의 사람들 보다 삶의 운치를
더욱 만끽할 수 있어서 행복하게 생각하며 긍정적인
삶을 살아가고 있다.
백목련처럼 희지 않아서 천만다행이라고나 할까?

불혹에 철학관을 찾은 일이 있었다. 생년월일을 묻고
얼굴을 훑어보더니, 육체적 노동이 고되겠지만 점차
좋아질 운이니 열심히 살라고 한다.
냉철한 관상쟁이 안목이 세수 하나마나한 얼굴에
홀렸을까?
아니면 엉터리였을까?

둘째 딸이 고등학교 2학년 때였다.
"아빠가 엄마 흰 피부였다면 내가 더욱 예뻤을 텐데"
"네가 조금만 더 검었더라면 세계적인 미녀가 되었을걸.
그러지 못해 나는 항상 못내 아쉬워한단다."
"우리 식구들 중에서 너는 나 다음으로 미인이니 긍지를
갖고 자신을 사랑 하여라."
온가족은 한바탕 웃음꽃을 피운다.

어느 날 교실을 둘러 볼 때였다.
"아저씨! 우리 반 교실 문 좀 열어주세요"라고 한다.
그 학생보다 서무실에서 키를 가져 오라고하여 열쇠를
따주면서 내가 누구냐고 물었다.
내 얼굴을 훑어보고 의아한 표정을 짓더니, 청소부
아저씨가 아니냐고 반문을 한다.
친구가 옆구리를 찌르며 교감선생님이라고 일어준다.
그는 홍당무가 되면서 안절부절 어찌할 바를 모른다.
"괜찮다. 네 잘못이 아니고 내 잘못이다. 세수하나마
나한 얼굴이 너의 판단을 흐리게 해서 미안 하구나"
옆에 모였던 학생들이 배를 움켜쥐었다.

사람을 진흙으로 빚었다고 한다. 가마에 넣고 불을
지폈는데, 설익은 백인! 많이 익은 흑인!

알맞게 구워진 황인! 으로 분류되어 졌다고 한다.
나는 황인종 중에서도 약간 더 구워졌으니, 걸작 품
중에 걸작 품이 아닐 수 없다.
그러기에 항상 하느님께 감사하며 살아가고 있다.
자신의 모든 환경적 여건을 긍정적으로 받아들이고
슬기롭게 극복해 나가는 것이 참 삶의 방법이요
행복의 길이 아닐는지?
하얀 누룽지보다는 약간 노란빛의 누룽지에서 우러
나오는 숭늉 맛이 더 고소하지 않던가!

사람들은 그 누구나 자신에게나 타인관계에서 진실을
숨길 때가 있다. 차이점이 있다면 더 심하고 덜 심할
뿐이다.
그러므로 결국 인간들은 자신이나 남을 속이며 사는
셈이다.
어쩜, 속는 것을 알면서 속아주고 사는 것은 아닌지?

인간의 속마음을 보라.
항상 세수하나마나이지 않던가?
잘못하고 반성하고 또 잘못 한다
죄짓고 용서 빌고 돌아서면 죄 짓는다
거짓 부림하고 자중하다가 또 거짓 부림한다.

깨끗이 세수한 자 과연 그 누구더냐?

자신은 깨끗하다고 자랑할 자 어디에 있을까?

조물주는 인간에게 이중성을 부여했다.

왜 그랬을까?

이중성은 필요악일까?

아니면 선의 근원일까?

인간은 나 너 할 것 없이 모두 세수하나마나이다.

하루에도 몇 번씩 세수해야한다.

더럽혀지지 않기 위해서이다.

악과 죄가 없는 세상이 되기 위해서이다.

그래서 낙원이 도래하면 좋으련만.

인류역사에 그런 날이 올 수 있을지?

혼자 두는 바둑

둘이서 바둑에 날 샌 적이 다반사였다.
두 사람의 정신적 싸움은 오묘하고 매몰스러웠다.
서로 집짓기를 방해하려고 놀부의 심지를 불태웠다.
너스레는 간곳없고 숨소리마저 잦아든다.
상대방의 미욱하고 어눌함을 찾는다.
의표를 찌르려고 이악스러워진다.
내 것은 살리고 남의 것은 죽이자고 혈안이 된다.

최근에 혼자 두는 바둑에 심취하고 있다.
억척스런 기만전술이 없어서 좋다.
기필코 이겨야 한다는 치졸한 욕망도 없다.
오직 위기십결의 삶의 법칙을 연마하면서 자신과의
싸움을 계속한다.
승자도 내가되고 패자도 내가된다.

삶의 경쟁에서 가장 무서운 적은 남이 아니라
바로 나 자신 아니던가.
혼자 두는 바둑은 내 인생의 행로이며
내 마음속의 우주이다.

흑과 백은 화점으로부터 태어난다.
성장하면서 귀와 변에 뿌리를 내린다.
무수한 아픔과 고통을 이겨내야 한다.
바둑알을 천원(天元)에 놓으면 시들했던 삶이
생기를 되찾기도 한다.

혼자 두는 바둑을 더욱 수련하고 싶다.
속임수 없는 정정당당한 삶을 살기 위함이요,
무욕의 경지에서 최선을 다하며 살아가기 위해서다.
인생의 한 살이는 한판의 바둑놀이가 아닐까?

지금까지 나의 인생 바둑은 어떠했을까?
실수한 적은 없었는지?
헛수는 안 놓았는지?
포기한 수는 몇 수나 되는지?
흰 돌을 가졌다고 오만하지 않고, 검은 돌을 들어도
부끄러워하지 않을 것이다.
이겼다고 뽐내지 않고, 패하더라도 실망 않으리라.
얻고 잃음과 이기고 지는 것은 자연의 섭리인 걸.
어찌, 얻기만 하고 이기기만 할 것인가.

우주엔 영원한 승자도, 영원한 소유물도 없는 것을.

마음의 창

각종 건축물에는 다양한 창이 있다.
창은 기능, 구조, 위치에 따라
명칭이 달라진다.
사람 마음의 창이 연관되어진다.
마음의 창도
건축물의 창 이름을 닮은 것 같다.

기능별로 보면,
따뜻함을 선사하는 채광창.
웃음을 주고받는 환기 창.
빛과 소금이 되는 보조 창.
뽐내고 멋을 부리는 장식 창.
화냄을 잘하는 특수 창 등이 있다.

구조에 따르면,
고집불통 외미닫이.
가동가서(可東可西) 양 미닫이.
외골수 한쪽오르내리 창.
좌충우돌 회전 창 등이 있으며

형태별로 보면,

만사태평 둥근 창.

송죽절개 삼각 창.

타협조화 팔각 창.

사랑봉사 하트형 창.

남을 얕보는 고창(高窓).

겸손미덕 저창(低窓) 등이 있다.

나는 어떤 창이 되어야 할까?

온화, 웃음, 봉사 위해

채광 창, 환기 창, 보조 창이면 좋겠다.

협력. 타협 위해

양 미닫이나 두 짝 오르내리 창도 괜찮겠다.

조화. 사랑. 겸손 위해

팔각 창, 하트형 창, 저창이면 좋으련만.

마음의 창을 열어놓고 살고 싶다.

맑고 신선한 공기가 들어오게

초가집, 기와집, 양옥도 볼 수 있게

병든 자, 외로운 자, 가난한 자도 볼 수 있게

마음의 창을 닦으며 살고 싶다.
진리와 정의를 발견할 수 있게
남을 위하고 대의를 쫓는 눈을 뜨게
고마움과 감사함을 선사할 수 있게.

마음을 찍어 볼 수 있는
사진기가 있었으면 좋겠다.
마음의 창을 항상 잘 닦고
열어놓고 사는지를 비춰 볼 수 있게.

낙엽의 한 살이

낙엽의 한 살이는
인생행로와 같다.
태어나고 자라고 늙어져 죽는 것이.
하지만, 낙엽은 영원히 죽지 않는다.

낙엽의 한 살이는
겨울눈으로부터 시작된다.
겨울눈은 귀틀집을 짓고 엄동설한과 싸운다.
봄이 되면 파란 하늘이 그리워 눈을 뜬다.

새눈은
역사를 거듭해 신록으로 변해간다.
신록은 꽃을 피우며 열매를 맺고,
짙은 녹음으로 성장하고 또 자란다.

녹음은
가지와 몸통을 불리며
싱그러운 그늘도 선물해준다.
열매를 완숙시키고 그 열매를 익힌다.

잎파랑이는
단풍으로 변신한다.
수채화를 그리다가 떨어진다.
더 큰 베풂의 꿈을 안고 희생의 길로.

낙엽은
산이나 들, 가리지 않고 몸을 눕혀
차곡차곡 쌓여서 썩기 시작한다.
새 생명의 밑거름이 되기 위해서일게다.

오! 거룩한 낙엽의 윤회여.
함께하지 못한 인생 길이 안타깝구나.
하기야, 불경에선 윤회라고 하는데.

교육자와 원예가

출퇴근할 때마다 나주평야의 비닐하우스를 지나친다.
농부들의 따뜻하고 부지런한 손길이 잔설마저 녹인다.

문득, 학교와 비닐하우스. 교사와 농부가 비교된다.
학교는 사람을 가르치는 곳이고 그 주인공이 교사다.
비닐하우스는 식물이 자라는 곳이고 주인공은 농부다.

농부들은 새벽에 일어나 비닐하우스로 달려왔다.
원예, 화훼류의 건강상태 체크는 이미 끝났다.
이상적인 실내온도를 맞추고 통풍 조절도 했을 것이다.
관수가 잘 되고 있는지?
병충해는 없는지?
시비는 적당한지?
농부는 모든 일을 온종일 하다 못하면 저녁까지 한다.
비가 오나, 눈이 오나, 덥거나, 춥거나 1년 내내.
한그루 한 포기마다 흙을 북돋고 풀을 뽑는다.
휘고 비뚤어지지 않게 보호대나 지주를 세운다.
열매는 받쳐주고 넝쿨을 묶어서 떨어짐을 방지한다.
한 알, 한 송이를 얻기 위해 정성을 쏟는다.

학생성장을 돕는 일을 업으로 하는 나는 어떠한가?
일찍 출근하고 늦게 퇴근하라면 짜증내고 불평했다.
청소 유지 상태나 환기, 온도는 이상 없는지 날마다
신경을 쓰지 못했다.
학교, 교실의 정리정돈과 보건위생관리를 소홀했다.
낮에 못한 일은 내일로 미루었고, 어쩔 수 없이
야근 해야 할 일이 생기면 짜증이 먼저 났다.

방학이 끝나고 나서 더 쉬고 싶어 하지는 않았는지?
개별학습이 귀찮아 일제학습을 하지는 않았는지?
문제아지도를 사랑과 정성으로 열의를 보였는지?
따돌림에 시달려 괴로워하는 학생을 발견하기위해
개개인을 세밀하게 관찰해서 보호해 주었는지?
좋은 인재를 얻기 위해 연구하고 실천했는지?

인간 성장을 돕는 교사는 분명 식물의 성장을 돕는
농부 보다 그 역할이 훨씬 더 중요하다.
책임감과 애착심이 더 강한가?
사랑과 정성, 노력이 더 많은가?
궁리하고 개척하려는 의욕이 더 강한가?
돌봐야할 대상에 대한 투자시간은 더 많은가?

얼굴이 화끈거리고 쥐구멍에 들어가고 싶다.

고향의 모깃불

대지를 삶던 태양이 제풀에 지쳐 서산에 숨는다.
땅거미가 토해내는 타래실을 따라 바쁘게 움직인다.
어둠이 짙어지면 가가호호 모깃불 연기가 모락모락
피어오른다.
모깃불 감으로는 보리타작한 뒤에 나온 보리수염과
부수어진 보릿대가 안성맞춤이다.
한소쿠리 가득 담아 마당 한쪽에 붓고, 활활 타지
않도록 그 위에 풀을 얹는다.
성냥으로 불을 붙이고 입 바람을 공급한다.
불꽃이 시원치 않으면 웃옷을 벗어 빙글빙글 돌려
풀무질을 한다.

모깃불을 배경으로 한편의 멋진 드라마가 펼쳐진다.
멍석위의 저녁밥상 주위 둘러앉은 할아버지, 할머니,
아빠, 엄마, 아들, 며느리, 손자, 손녀.
모든 식구들이 희희낙락!
하루 일했던 이야기를 나누며 밥을 먹는다.
꿀맛을 느꼈는지 순식간에 밥그릇 비우는 소리.
건강한 삶 행복의 깃발 나부낀다.

할아버지 옛날 얘기 밤하늘 별과 함께 피어난다.
손자 손녀의 실눈들이 토끼눈이 된다.
아빠, 아들 농기구 손질. 엄마, 누나 다리미질.
설거지 끝낸 며느리가 강냉이 함지박을 대령한다.
온 식구가 다시 함지박 중심으로 원을 만든다.
옥수수 알 입에 넣고 구수한 맛을 혀끝에 굴리며
못 다한 이야기꽃 계속 피어낸다.

이악스런 모기들이 윙윙거리며 자정을 알린다.
매캐하고 알싸한 모깃불이 약해졌기 때문이다.
옛날 얘기에 취해 녹아떨어진 아이들을 방으로 데려가고.
식구들이 제각기 잠자리에 든다.
모깃불 감을 두둑이 쌓고 멍석에 누워 하늘을 본다.
찬란한 별바다에 은하수가 흐르고 견우와 직녀가
마주보며 가로막는 강을 원망 한다.
그러나 칠월칠석을 기다리는 눈동자가 빛난다.

개구리가 텃논에서 자장가를 불러준다.
눈썹을 맞붙이기가 바쁘게 꿈나라로 간다.
모깃불 연기는 사방으로 흩어진다.
고향의 모깃불은 시골집 파수꾼이 된다.
어렸을 적 고향의 모깃불 쑥 향이 그득하다.

어느 토요일 오후의 부끄러움

만물이 하루의 피곤한 늪에서 벗어나 꿈나라를 찾아 간
자정이 넘어서였다.
솜털처럼 포근해야 할 잠자리가 뒤숭숭 하기만하다.
낮에 있었던 일을 피안의 나래 밑에 잠재우려고
하지만, 그럴수록 엎드려 구걸하던 그 사람의 모습이
영롱한 진주알이 되어 뇌리에 클로즈업 된다.

토요일 오후 아내와 함께 충장로 쇼핑을 갔다.
빽빽이 밀려오고 밀려가는 무리에 휩싸여 나아간다.
앞사람들이 한 평 남짓한 공간을 맴돈다.
군중 틈새로 들여다보니 불혹의 남자 한 사람이
엎드려 있었고, 턱 밑에는 바구니가 놓여있었다.

동전 몇 닢을 꺼내 바구니에 넣었다.
10대에는 걸인을 보면 불쌍하다는 생각이 들었다.
20대에는 걸인을 보면 못 본 척 지나는 편이었다.
측은하지만 도와줄 여력이 없어서였을까?
30대에는 넣을까말까 망설이며 지나쳤다. 쑥스러웠다.
불혹이 되어서 동전 몇 닢씩 넣기 시작했다.

귀가하는 버스 속에서 아내가 속삭였다.
"틀림없이 당신 백 원 아니면 이백 원 넣었죠?"
"천원이나 주지?"하며 말끝을 흐린다.
아내는 형식적인 나의 적선 습관을 꿰뚫고 있었다.
많은 사람들이 그냥 지나가는데 한 두 푼이라도
도왔다는 오만함은 아니었지만 인색함은 틀림 없었다.
지천명이 되어서도 깨우치지 못함이었다.

남을 돕는 데는 참 사랑이 바탕이 되어야 한다.
진솔함이 잉태되어 영글어야 한다.
너그러움과 포용의 마음이 깃들어야 한다.
그들의 마음을 뜨거운 가슴으로 읽어야 한다.
그 속에서 역지사지해야 한다.
그 분들 눈 속에서 내 눈물을 닦아야 한다.

성경에 "왼손이 하는 일을 오른손이 모르게 하라" 했다.
어느새 새벽 종소리가 토요일 오후의 부끄러움을
천사들에게 실어 나른다.

너도 늙어봐라

"너도 늙어봐라 그럼 내 속을 알거다."
어머니께서 누님께 꾸짖던 말씀이다.
그때 내 나이 10대 소년.

30초반에 집에 와서 함께 사시던 어머님께서,
아이들을 꾸짖는 나를 보고
"너도 자식 낳고 키워보니 이 어미마음 알 것 제?"
하시며, 웃으시던 어머님.
어머님도 누님도 모두 내 곁을 떠나셨다.

어려서는 십년은 까마득한 먼 옛날이었다.
젊어서는 여유 있는 훗날로 느껴졌다.
장년이 되어서는 세월의 빠름을 실감하지 않을 수
없음은 모든 사람이 함께하는 느낌일 것이다.
노년이 되어서는 이틀이 하루로 지나간다.

모든 사람은 같은 세월 속을 살고 있다.
'시간은 금이다.' 라고 생각하며 사는 자 성공하고,
허송세월하는 자 늙어서 후회만 남았겠지.

세월은 생의 과정이요 인생 안내자다.
세월에 의해 태어나고 자라서 결혼한다.
자식 낳고 양육하다가 세상을 하직한다.
인생 수레는 예나 오늘이나 미래도 변함이 없는 법.
기성세대 공박하던 후배도 세월 흘러 선배가 된다.
그러면 그들의 후배로부터 꼭 같은 비판을 받을 것.
그때서야 선배들을 이해하면서 세상을 살 것이다.

"너도 늙어봐라 내 속 알 거다"
"너도 자식 낳고 키워보니 내 마음 알 것 제?"
생활 경험에서 절로 나온 어머님 말씀.
어찌, 그리도 명언 중의 명언인지.
삶의 방법이 세월 속에 있음을 가르쳐주는 것일까?
모든 일은 노력과 시간이 필요함이라는 뜻일까?
차고 넘침도 모자람도 없는 중용의 미덕일까?

'세월이 약이다'라는 말이 있다.
이는 삶의 포기가 아니라 시간속의 지혜로움이다.
인생 달관의 경지를 암시하고 있는 것일 게다.
지천명에 와서 조금 깨우치는 '너도 늙어봐라'는
어머님 말씀은 나만이 체험하는 것일까?
세월이 인생을 가르치는 스승이런가?

낙서 문화

세계 제1의 강국 아메리카 합중국.
가보고 싶은 나라였다.
1991년 1월 케네디 공항에 내렸다.
버스를 타고 맨해턴으로 이동하는 중이었다.
지하 터널로 들어가는데 양쪽 콘크리트 벽이 눈에
들어오는 순간, 빈틈없는 각양각색의 낙서에 놀라
토끼눈이 됐다

벌레 모양의 크고 작은 글씨.
불균형적인 가늘고 굵은 숫자.
무엇을 상징하는 것인지 알 수 없는 여러 가지 기호.
낙서의 길이는 약 백 미터요 폭은 오십 미터 정도?
낙서판 역시 세계 대작중의 대작이라고나 할까?

지구촌에서 가장 큰 도시 뉴욕.
그 심장부 빌딩 숲의 섬 맨해턴의 진입로.
하루에도 수 만 명의 외국인들이 드나드는 관문 인데,
보기흉한 낙서를 방치해 놓고 있다니 도저히 이해할
수가 없었다.

뉴욕 시장은 눈을 감고 이곳을 지나다니는 것일까?
외국인들 보다 멋진 명화(?)를 감상하라는 것일까?
손님맞이 준비 청소로 잔뼈가 굵어진 동방예의지국
몸이기에 이상야릇한 마음 금할 길이 없었다.

가이드에게 설명을 요청했다.
처음엔 서클들이 자기들 상징을 콘크리트벽에 그렸고,
점차 조직의 세를 과시 하거나 단합하는 선전벽보가
되었고, 개인들도 너도나도 낙서 한 것 이라고 한다.
미국에서는 어디에서나 낙서를 흔하게 볼 수 있고,
그 낙서에 대하여 거부감을 갖지도 않고 무관심하며
지우지도 않는다는 것이다.

낙서는 어느 나라에서나 볼 수 있다.
그렇지만 보기에 흉하기 때문에 개인이나 지방자치
단체에서 지우거나 페인트를 바르는 것이 각국의
일반적인 경향이다.

그런데 이곳의 낙서문화는 이해가 되지 않는다.
국가 위신을 추락시키는데 우습지 않은가?
미화 작업을 하기는커녕 방치해두고 있는 것은 무슨
까닭이란 말인가?

9박 10일을 미국 동부에서 보냈다.

김칫국에 저렸던 의식이 눈을 뜨면서 궁금증이
풀린다.

개인인격을 먼저 존중해 주는 사회질서.

자유주의가 극도로 팽배된 국민의식.

그러면서 상대방을 업신여기지 않는 태도.

이러한 문화이기에 여러 사람이 오고가는 중요한
장소일지라도 낙서하는 것은 그 사람의 자유의사 표현
으로 받아들이고 있는 것 같다.

'보기 흉함'이라는 공익성 보다 '개인 자유'라는 인격을
더욱 중요시 하고 있는 것이 분명하다.

그러기에 낙서 지움은 당사자 밖에 할 수 없다는
등식이 성립되었을 것이다.

낙서를 한 것이 개인 자유를 바탕으로 한 권리이므로
지우는 것 또한 개인 책임이며 의무라고 생각 하리라.

미국의 낙서문화 속에는 자유, 개성, 권리, 책임, 의무,
평등이 용해되어져 있는 것 같다.

그러기에 개척정신과 창조정신이 꽃을 피웠을까?

그래서 250년 짧은 역사로 세계 제1의 강대국이 되었을까?

1776년 미국의 독립 당시 건국이념이 자유와 평등
이었다고 하니, 그들의 모든 국민의식과 생활습관은
거기서 출발 했으리라.

면적은 한반도 약 43배로 937만 3천여 제곱킬로미터.
인구는 우리의 5배정도로 2억3천7백만 명이다.
50개 주가 모여 합중국을 건설하였고, 10여 계통의
종족이 함께 살아가는 거대 한 공룡 한 마리.
그 육중한 큰 몸을 지탱유지 하면서 온 세계를 향해
포효하는 원동력은 결국 미국의 낙서문화가 아닐까?

뉴질랜드 북 섬

1997년 1월 7박 8일의 오세아니아 여행길.
대한(大寒) 절기이므로 두터운 겨울옷에 몸을 묻고
비행기에 탑승했다.
난방이 잘된 기내에서는 덧옷을 벗을 수밖에 없었다.
마음이 한없이 상쾌해지면서 홀가분함이 풍선처럼
부풀어 올랐다.
엔돌핀 상승은 내가 창공을 나는 새가 되어서일까?
아니면 쫓기던 일상생활의 뜰에서 탈출함일까?

서울의 야경(夜警)이 황홀경이다.
도로가 거미줄처럼 연결되어졌고, 그 사이 사이의
주택, 상가의 불빛이 휘황찬란했다.
비행기의 고도가 높아지면서 시가지를 벗어남에 따라
서울 야경은 호롱불처럼 깜박이더니 이내 스러졌다.
그리고 비행기 창밖은 삶의 종착역처럼 곧장 칠흑의
세계로 돌변했다.

잠에서 깨어나니 우리나라 시간으로 새벽 2시였다.
햇살이 바다 위 구름 산들을 빨간 능금 빛으로 물들인다.

햇덩이는 그 정체를 드러내면서 하얀 쟁반이 되고,
형형색색의 구름이 장관(壯觀)을 이루어,
한 폭의 수채화를 그려 놓았다.
적도를 지나 남태평양 상공을 날고 있었던 것이다.

북위37도 30분의 서울에서 꼬박 14시간을 비행하여 도착한 곳은,
반대편인 남위 36도에 놓인 뉴질랜드 북단의 오클랜드였고,
현지시간 14시 30분경이었다.
입국수속을 밟고 나니 오후 4시, 관광버스에 승차
하여 북섬의 남단 로토루아로 이동하기 시작했다.

북 섬을 종(縱)으로 흐르는 화이키지강 4백 킬로를
따라, 높은 산이 없는 평야지대를 신나게 달렸다.
드넓은 초원에 띄엄띄엄 자리하고 있는 집들.
목장엔 양, 젖소, 말 등이 한가롭게 풀을 뜯고 있다.
어렸을 적 그림이나 사진으로 본 꿈의 동산.
바로 여기구나 하는 것을 직감할 수 있었다.

뉴질랜드 면적은 남한의 3배로서 북섬과 남섬으로
이루어 졌는데, 북섬은 평야지대로 사람이 산다.
남섬은 2천 8백 미터가 넘는 190여 개의 산봉우리.
사람은 살지 않고 사슴, 양들이 방목되고 있다고 한다.

뉴질랜드 제1의 도시 북섬 오클랜드. 인구는 서울보다
훨씬 작지만 넓이는 6배나 된다. 넉넉한 인구
밀도를 짐작할 수 있었다.

이곳의 3다는 양, 바람, 처녀이고, 3무는 가짜, 뱀,
거지라고 한다. 주민등록증이나 호적이 없고 병원
발행의 출생증명서뿐이며, 운전면허증에는 사진이 없다.
출생, 결혼, 이혼 등은 서명으로 끝낸다.
믿음의 사회, 복지사회가 부러울 뿐이다.

저녁 7시경 북섬 최남단에 자리한 인구 5만의
로토루아에 도착하여 호텔 정문에 들어서니,
한국, 뉴질랜드, 미국 국기가 펄럭이고 있었다. 이역만리에서
태극기를 보자 반갑고 흐뭇하며 자긍심이 용솟음쳤다.
그곳을 많이 찾는 여행객들에 대한 정표(情表)이자
고객의 마음을 사로잡기 위한 한 가지 방법이리라.
호텔에서 원주민 음식으로 식사를 하고, 1시간 30여분,
원주민 마오리의 민속춤과 노래를 관람하였다.
그리고 유황 냄새가 코를 찌르는 야외풀장에서 온천욕을 즐겼다.
이곳은 뉴질랜드 최대의 관광지로서
원주민이 맨 처음 정착 한 곳. 매년 약 170만 명의
관광객이 찾는데, 우리나라 사람이 10퍼센트란다.

다음날 아침식사를 하고 마오리족이 살았던 민속촌
관광길에 올랐다. 버스에서 내리자 안내나온 흑인
여자들이 내리는 사람마다 코 맞춤을 두 번씩 한다.
환영하는 인사법으로서 세 번 하면 청혼의 의미가
숨어있다고 하니 행여나 멋모르고 청혼한 관광객은
없을지?
민속촌에는 그때의 국회의사당, 촌장관저, 민가,
음식물 저장고 등의 건축물이 잘 보존되어 있었다.

이러한 집들은 그 재료가 모두 고사리나무인 것이
인상적이다. 팔뚝 또는 다리 굵기의 고사리나무가
지천으로 야생 하고 있기 때문에 그것을 이용한
주거문화가 발달했던 것이다.

민속촌 밖으로 나가니 수증기가 모락모락 피어오르면서
유황수가 콸콸 솟구치는 활화산지대가 나왔다.
산책로를 따라 걷는데 뜨거운 김이 얼굴을 스친다.
다소 위험스런 느낌마저 든다.
뿐이랴, 마그마가 보글거리며 솟아올라 작은 무덤을
수없이 여러 개 만들고 있었다.
그 무덤들은 건조기에 형성되었다가 우기(雨期)에는
없어진다고 한다.

이러한 현상은 전 세계적으로 세 곳밖에 없는데,
이 흙이 미용에 좋기 때문에 포장되어 판매되고 있다.

활화산 지역의 또 다른 진풍경 하나는 펄펄 끓는
온천물에 옥수수를 삶아서 팔고 있었다.
몇 개를 사서 동행인들과 나누어 먹었다.
생각보다 맛이 떨어져 아쉬웠지만 마오리들의 상냥
한 미소와 정겨운 눈인사는 관광객들의 마음을
기쁘게 해주고 있었다.

세계 최대의 휴양지 '로토루아'를 뒤로 하고 관광버스는 왔던
길을 되짚어 북으로 올라오다가 '아그로돔' 목장에 들렀다.
19종의 양이 차례로 불려나와 소개되고, 양털 깎기
솜씨 자랑이 있었다.
한 마리의 개가 백여 마리의 양떼를 모는 쇼를 구경
하는 기회도 가졌다.
그리고 그 농장에서 한식뷔페로 식사를 했다.
식사하는 도중에 식당주인과 종업원들이 기타 반주에
우리의 민요와 대중가요를 우리말로 불러주었다.
한국 관광객들은 함께 합창하면서 이국에서의 나라 사랑
마음을 모아봤다.

다음에는 세계 8대 불가사이의 하나인 '와이토모'
동굴을 관광했다.
침하로 생긴 석회석 동굴인데 석순과 석종들이 무척
아름답게 형성되어져 있었다.
동굴 끝 지점에서 20미터 가량 아래로 내려와 일명
'반딧불 동굴'에 오니 배가 기다리고 있었다.
배를 타고 10분간 암흑의 동굴을 구경했다.
'로키로스'라는 벌레가 동굴 천장 이곳저곳에 붙어서
야광을 발하고 있었다.
시끄럽고 밝으면 야광이 흐려진다고 하는데 꼭
밤 하늘에 별자리처럼 빛나고 있었다.
그 벌레들은 이동하지 않고 한자리에 뿌리내린
식물처럼 수분만 흡수하면서 산다고 하니 불가사의한
일이 아닐 수 없다.

와이토모 동굴을 뒤로하고 처음에 왔던 오클랜드시를
향해 달렸다.
해가 서쪽에 기우는 오후 4시경이었다.
초원 곳곳에는 젖소들이 무리를 이루었는데,
자세히 보니 걸어오면서 한 줄로 선다.
신기하게도 젖소들은 오후가 되면 젖을 짜달라고
스스로 모여들어서 차례를 기다린다고 한다.

사람보다 더 고차원적인 젖소의 질서생활화를 보고,
쥐구멍이라도 찾고 싶은 심정이었다.
젖이 불면 몸살이 나기 때문에 짐승이지만 그런
멋진 습관이 형성되었다고 한다.

뉴질랜드는 국민소득 1인당 GNP가 1만 7천 불로서
선진국 대열에 들고 있다.
소득의 70퍼센트가 관광수입이며, 30퍼센트는
목축업에 의한 창출이란다.
해서, 복지제도가 그 어느 나라보다도 완벽해 요람
에서 무덤까지 국가가 책임진다고 하니 부러움이
앞설 뿐이다. 임신을 하면 정기적으로 무료 진료를
받게 되고 출산을 하면 비용 백만 원과 매월 양육비
3만 5천원을 지급받는다.
어머니는 의무적으로 젖을 먹여야 된다고 한다.
세계 제2위의 목축국가에서 아이들에게 우유를 먹이지
않고 모유를 먹인다는 것은 참으로 아이러니컬(ironical)한
현상이 아닐 수 없다.
신생아의 건강을 위한 배려이리라.
뿐만이 아니라 초등학교에서 고등학교까지는 납부금
이 없고, 대학교는 학생 각자가 학비를 벌어서
다니는 것이 일반적이다.

결혼을 하면 가옥 구입자금을 국가에서 대여해 주고
장기 저리로 상환하게 되어 있다.
주 5일 근무제 이므로 금요일 오후부터 일요일까지는
가족단위 휴가를 즐기게 된다.
그리고 의료문제나 노후문제가 걱정 없기 때문에
우리나라에서처럼 돈을 벌려고 버둥대거나 재산을
모으려고 혈안이 되지 않는다.

2박3일간의 뉴질랜드 북 섬 관광이 감탄의 연발로,
너무나도 빠르게 추억의 강이 되어 흘러갔다.

오페라 하우스

오세아니아 여행 7박8일 가운데 나흘째 되는 날이다.
오전 8시 30분 오클랜드에서 시드니행 비행기에 몸을
싣고 미지의 풍물에 대한 꿈에 부풀었다.
남태평양 태즈먼해 상공을 2시간 남짓 날아갔다.
세계에서 가장 아름답다는 항구 시드니였다.
비행기 창밖으로 내려다보이는 드넓은 시가지는
집속에 숲이 있고 숲 속에 집이 숨어있다.
도시 깊숙이 파고든 시드만에는 헤아릴 수 없이
많은 요트가 유유자적하고 있으며, 세계적으로 알려진
거대한 오페라하우스가 곡선미를 뽐내고 있다.

호주도 뉴질랜드와 마찬가지로 영국의 식민지였는데,
영국인들의 첫 개척지가 시드니였다고 한다.
현재 인구 350만으로 호주 최대의 도시로,
나라 전체 인구 1천 8백만의 5분의 1이다.
호주의 면적은 한반도의 35배이고, 동서길이 4천 5백만,
남북은 3천 7백만 킬로미터이다.
호주를 일주하는데 버스로 3개월이나 걸린다고 한다.
호빵 모양의 드넓은 국토를 짐작할 수 있다.

주민들은 모두가 해안에 살고 있으며, 중앙의 고원지대나
사막은 목장으로 개발되어져 있다고 한다.
인구밀도는 뉴질랜드와 마찬가지로 1제곱킬로미터에
두 사람이라고 하니, 아시아 1백 명, 한국 4백 명에
비하면 하늘과 땅 차이라고나 할까.

이곳 호주의 정치, 문화, 교육 및 사회복지제도,
국민소득 등은 뉴질랜드와 동일하다고 한다.
두 나라는 모두가 2백여 년에 걸쳐 영국에 의해
건설되어졌기 때문에 같을 수밖에 없나 보다.

시드니공항에 내려 대기하고 있던 관광버스를 타고
'로얄국립공원'이라고 이름 붙여진 대평원을 달렸다.
상록수 '유키립타스나무'가 하늘을 덮고 있다.
이곳에는 호주를 상징하는 '코알라'를 비롯해 캥거루,
기린, 사슴 등 갖가지 동물들의 천국이라고 한다.

다음날은 '페터로랑' 야생동물원을 찾아갔다.
규모가 크고 다양한 동물을 만날 수 있었다.
특히 유키립타스 나뭇잎을 먹고사는 코알라가 예쁘다.
우리나라에서 많은 코알라 인형이 사랑을 받고 있는데,
이곳에서 착안했음을 비로소 알게 되었다.

여행 6일째 되는 날에는 시드니 시내 관광을 했었다.
시드니에서 제일 가까운 '본다이비치' 해수욕장에 갔다.
우리나라와 너무나 판이한 정경에 아연실색했다.
해변에는 음식점, 위락시설, 잡상인이 없고,
오직 샤워장 시설만 잘 되어 있었다.
시민들은 해수욕만 즐기고 가정으로 돌아가거나
시내로 나가서 음식을 먹는다고 한다.
자연그대로의 해수욕장 본받아야 할 것 같다.

시드니를 한눈에 내려다볼 수 있는 '버들페지' 공원,
그곳에서 눈에 들어오는 하버브리지, 오페라하우스,
요트, 호수 같은 바다, 푸른 하늘, 흰 구름이 함께 어울려
한 폭의 그림이 되고 있었다.
자연미와 인공미의 어우러짐에 압도당할 수밖에.

오페라하우스는 하버브리지 해변에 자리 잡고 있다.
규모가 어마어마한 초대형으로 세계 제1이란다.
각국의 관광객들이 북적거리고 입장을 위한 인파가
수 백 미터 꼬리를 물고 차례를 기다리고 있었다.
소라 입 3개를 붙인 형태의 건축물은, 1959년 착공
1973년 완성하였는데, 타일과 유리로만 만들었다.
인간이 주도한 기술로 신기하지 않을 수 없었다.

처음으로 공연한 작품은 건축 완공해인 1973년 9월
28일 '전쟁과 평화'였다고 한다.
그 이후 오늘에 이르기까지 다양한 예술문화행사가
연일 이어지고 있다.
미항 시드니는 거대한 오페라 하우스가 있기에 더욱
세계적으로 유명한 관광지가 되지 않았을까?
만약, 시드니에 맘모스 오페라하우스가 없었다면,
세계 3대 미항이 되지 않았을지도 모를 일 이다.
우리나라도 국제적인 관광지로 도약하려면 무엇인가
세계에서 으뜸 되는 것을 개발해야 될 성싶다.

오페라 하우스 옆에 있는 하버브리지도 세계적이다.
시드니의 남과 북을 연결하는 2천5백 미터의 철교로
6차선의 전철과 인도가 함께 어우러진 거대한 작품,
다리 아래 바다 속으로는 수중터널이 설치되어져
버스, 택시 등의 차가 왕래할 수 있도록 해놓았다.

점심때는 유람선을 타고 시드니만 선상관광을 했다.
배에 오르자 경쾌한 바이올린 생음악이 귀를 즐겁게
하고, 환한 웃음의 미녀들이 눈을 기쁘게 해준다.
동양적 뷔페로 오찬을 하면서
호수마냥 잔잔한 바다 위를 미끄러져 나갔다.

요트를 즐기는 많은 사람들과 손을 흔들면서 서로의
낭만을 축하해 주었다. 선박 왕이 된 기분이었다.
해변의 건물과 숲은 한 폭 그림으로 넋을 빼앗는다.
가이드의 설명이 없었더라면 경관에 도취되어
잠들었을 것이다.

배는 바다 한가운데 우뚝 솟아 있는 석조로 된
육중한 건축물에 접근하다가 부근에서 멈추었다.
영국이 호주에 들어와 도로를 만들고 철로를 놓을때
본국의 죄수를 데려다가 일을 시켰다.
그때 또 죄를 지으면 이 바위섬에 수용되었다고 한다.
섬 주변 바다에는 상어가 우글거렸기 때문에 탈출은
꿈도 꿀 수 없었다. 빠삐용 영화가 떠오른다.

다음날에는 마지막 관광지 '골드코스트'로 이동했다.
약 40킬로미터나 펼쳐져 있는 황금 모래 벌.
호주에서는 물론이고 세계 으뜸이라고 자랑한다.
해변 한쪽에는 고층 호텔이 숲을 이루고 있으며,
큰 파도가 막힘없이 밀려와 백사장에 부서진다.
섬 한 점 보이지 않는 문자 그대로 망망대해.
파도타기, 수상스키, 해수욕 등의 인파가 많지만,
그 무리들은 몇 톨의 모래알에 불과해 보였다.

오후에는 ‘씨월드’를 구경했다.

투숙했던 호텔과 연계되어 만들어진 방대한 규모와

시설이 여러 나라의 관광객들에게 만족을 준다.

특히, 10분 간격으로 불을 뿜는 인공화산과 동굴

속으로 협궤열차가 사람을 싣고 들어가서 맴돌아

나오는 곳은, 2시간 남짓 대기해야만 했다.

그런데 이러한 사업운영의 주인이 일본인이라니

놀라지 않을 수 없었다. 그들은 오세아니아 주 곳곳에

땅을 사서 호텔업, 관광업 등을 주도해 나가고 있다.

7박8일의 여정을 접는 전야가 되었다.

호주의 동단에 위치한 브지즈번 시로 나왔다.

KAL기에 탑승하면 귀국길이다.

나그네는 피곤을 잊은 채 상념에 잠겼다.

남극에서 떨어졌다는 설이 있는 뉴질랜드와 호주.

그곳은 분명 현제 세계에서 가장 복 받은 땅이다.

온화한 기후에 광활한 대지(大地).

그리고 무한의 바다와 무진장의 지하자원.

뿐인가, 정치적으로 안정되어 있고 질서와 책임을

중시하며 거짓이 없는 영국 신사도의 국민성.

이 모든 것들이 상승 작용을 거듭해 선진국으로서

행복을 구가하고 있으니 부럽기 그지없다.

늙으면 정말 아이가 될까?

어느덧 이순의 중반에 서서 삶을 방황하게 되었다.
요즈음 불현 듯 열 서너 살 때 아버님 목소리.
"사람은 너나할 것 없이 늙으면 어린이가 된다."
나도 늙으면 어린이가 될까?
몇 살 때부터나 되려는지?

장시간 산을 오르면 무릎관절이 싫다고 한다.
이런 현상이 세월가노라면 점점 심해 질 수밖에.
우리 인체는 그 어떠한 물건도 따라올 수 없는 정밀
기계 조립품이다.
오래 쓰면 닳고 망가지는 것은 사필귀정일 수밖에.

그 누구도 자연섭리를 위배하거나 뒤바꿀 수는 없다.
순리를 따르다 보면 늙고 병들기 마련이고, 내 신체를
내 의지대로 움직일 수 없게 되리라.
남의 부축을 받으며 아장아장 걸을 수밖에 없다.
어린아이가 되는 것은 불 보듯 훤한 일이다.
하지만 먼 훗날로 생각하기 쉽다.
자신에게는 그런 일이 없을 거라고 자만을 한다.

평소에 주머니에 넣어져 있어야 할 지갑이 없다.
아무리 생각해 봐도 어디에 간수했는지 모른다.
옷장과 책장을 훑었는데 문갑 속에 얌전히 있다.
1년 전에는 자동차 키가 없어졌다.
온 집안을 샅샅이 조사했지만 오리무중이다.
면허증도 분실해서 재발급 받아 사용하고 있다.
소지품이나 조금 전 생각을 깜빡 잊는 것은 어린이
특성이다. 어린이 특성이 나에게 도래한 것일까?

요즈음엔 뇌세포 노화인지 기억력이 감퇴되었다.
건망증이 심해지면 치매로 발전된다고 한다.
치매는 획득된 정신적 능력이 상실된 상태이다.
아직, 나는 그런 상태가 아니어서 다행이다.
더 늙어봐야 알 일이지만, 그런 일 없이 늙었으면
하는 마음 간절하다.

나는 자식들에게 피해를 주지 않고, 죽는 날까지
스스로 독립하리라고 다짐한다.
하지만, 생각은 생각에 머물면서 자식들에 대한 기대심이
커지고 있는 것 같다.

노후에는 일반적으로 의타심이 증가된다고 한다.

이 또한 어린아이가 되어가는 현상이 아닐는지?
그럴 것이 늙으면 육체적 쇠약뿐만 아니라 정신적인
의욕상실까지 함께 오기 때문일 것이다.
그래서 모든 사람은 늙으면 어린이가 되는 것일까?

나도 늙으면 어린이가 될까? 라는 자문은
이미 결정된 명제이다.
명제는 가정과 결론을 항상 꼼꼼히 잘 살펴봐야한다.
그래서 합당한 지혜와 생각과 행동을 도출해야한다.
그리고 실행하는 이순, 칠순, 팔순이 되리라

헌데, 늙어도 어린이가 되지 않은 것이 있다.
모든 희로애락의 추억은 영상으로 간직되어져 있다.
인생 삶! 신비의 세계가 아닐 수 없다.
늙어지면 추억도 망각의 늪으로 사라지면 좋으련만.

젊었을 때는 노인들을 보면 건성이었다.
늙으면 어린이가 된다는 것은 꿈도 꾸지 못했다.
일찍 깨우쳤다면 역지사지 하는 마음 충만했을 걸.
늦지만 천만다행이라고나 할까?
한 살이라도 윗사람이라면 공손히 대하고 도우리라.
철이 든 아이로 거듭나도록 심신을 관리하리라.

인생은 60부터라고 했던가

2005년 2월. 1만 6천일을 몸담았던 교직을 떠나왔다.
한 평생 꿈과 희망과 보람의 생활터전이었던 교정.
교문을 나오면서 빌고 또 빌었다. 인생 후배 제자들에게
사회에 빛과 소금이 될 자질을 키워 나가라고,

2월 끝날. 도교육청 훈, 포장 전수식에 참석했다.
2백여 명이 넘는 초, 중등 교원들이, 긴 여로를
아무 탈 없이 잘 넘기고 종착역에 안착됨을 자축이
라도 하는 듯 모두들 희희낙락하는 표정들이다.
하지만, 인생 나이테는 어쩔 수 없는지 얼굴엔 깊은
골이 생겼고, 희끗희끗한 머리카락은 60초반의
할아버지, 할머니를 직감 할 수 있게 했다.

선후배들과 정년 후에 할 일에 대해 의견을 나눈다.
모두 인생은 60부터라는 희망 속에 설계하고 있었다.
어느 친구는 벌써 대학교 평생 교육원에 등록하였고,
다른 친구는 컴퓨터 공부와 판소리를 시작했단다.
한 선배는 일반화 된 골프를 하겠다고 기염을 토하고,
한 후배는 소규모 자영업을 구상했다고 한다.

희망과 꿈은 인생 삶에 있어서 행복의 원천이다.
물론 행복의 전제 조건으로는 원만한 가정생활과
자신의 정신적, 신체적 건강유지가 필수적이다.
이러한 필수조건을 충족시키는 것은 희망과 꿈이다.
해서, 꿈이 없인 행복의 파랑새는 둥지 틀 수 없다.

제89대 미국 대통령이었던 지미카터는 최근에 저술
한 책 '나이 드는 것의 미덕' 에서 70대를 맞아
자신의 인생 과정에 가장 기쁘고 신난다고 했다.
플라이 낚시를 배워 세계여행 중에 즐기고 있으며,
여러 가지 취미생활을 틈나는 대로 익혀 자녀, 친지,
동료들과 함께하는 기회가 많아져 세대 차이를 극복
할 수 있어서 좋다고 했다.
그러면서 악기, 그림, 원예, 문학 등 무엇이나 적극
적으로 시도해 보라고 권하고 있다.

70대지만 50대의 활동을 폭 넓게 하고 있는데 대해
놀라지 않을 수 없다.
지미카터는 호기심이나 모험심이 많고 도전정신이
강한가 보다.
어떤 일에 대해 실수를 해도 움츠러들지 말라고 한다.
나이 들면서 나약해진 마음을 다잡아 봐야겠다.

나는 간혹 다양한 우리 인간 삶의 신비로움에 놀라지
않을 수 없다.
수백 수천 가지의 직업이 그렇고 다양한 취미생활이
신기롭기만 하다.
거기에 각자가 선택할 수 있는 자유가 주어져있고,
다양한 방법으로 접근해 실행할 수도 있다.

어떤 일이 구상되면 실천할 기회를 찾고, 기회가
오면 곧 실행에 옮기도록 노력 할 것이다.
완벽한 상황이 준비될 때까지 기다리다보면 공상에
머물 확률이 크고 움츠리는 삶이 되리라

인생은 60부터라고 하는 제2의 인생출발 시점에서.
새 삶을 도전할 때 필요한 것은 건강이 아닐까?
건강은 내가 관리하고 생활습관이 관건일 것이다.

지금까지 내가 걸어왔던 생활을 되돌아 봐야겠다.
건강을 해치는 것들을 찾아 멀리해야 한다.
취미생활과 종교생활도 좀 더 열심히 할 것이다.
이 모든 것들이 지속화 될 수 있도록 노력하리라.

무릉도원 장가계(1)

무릉도원하면 세속과는 거리가 먼 곳을 연상시킨다.
이 말은 중국의 전설상의 유토피아로서 도 연명이
지은 책 '도화원기'에 나오는 말이란다.
무릉에 사는 어부가 배를 타고 강을 따라 가다가
봉숭아꽃이 만발한 미지의 장소에 닿았다.
그곳에는 기원전 3 백년 경에 전란을 피해 숨어
살고 있는 사람이 있었다.
그는 650여년의 세월이 흐른 것을 모르고 있었다.

이는 봉숭아를 불로장생의 선과로 보는 관념과
현세와 유리된 별천지가 존재할 것이라는 사람들의
소망이 결합되어 나타난 전설로 보고 있다.

후세 사람들은 이 전설에 나오는 곳을 지금의 호남
성 서북부 지방 장가계로 보고 있다.
중국엔 '사람이 태어나서 장가계에 가보지 않았다면,
백 살이 되어도 늙었다고 할 수 없다'는 말이 있다.
그야말로 장가계가 얼마나 아름다운 곳인지를
잘 표현해주는 말임에는 틀림이 없는 듯싶다.

장가계 면적은 국토의 1/1000 쯤 된다.
해발 1,300~1,500미터의 수려한 봉우리와 동굴.
원시림은 아열대성 기후 덕에 더욱 무성하다.
이곳은 약 3억8천만 년 전에는 망망대해였다고 한다.
지각 변동으로 해저가 치솟아 올라 억겁을 먹으며
무릉도원으로 변한 것이라니 놀랍기만 하다.

1992년에 세계자연유산 으로 등제 되었다.
원래는 대응시라고 불리었었는데, 장량이 은둔해
살았고 그 후손들이 번성했다는 고문헌을 중시하여
1994년 국무원에서 장가계(張家界)로 명명했단다.

오염되지 않은 생태계 보존 모습과 기묘하면서도
웅대한 산세에 넋을 빼앗긴다.
그래서 '대자연의 미궁', '지구의 기념물'이라고
칭송하는 것일까?

인구153만, 20개 소수민족의 생존 터다.
약 70%가 토가족인데 그들은 특이한 풍습이 있다.
발등을 세 번 밟아주면 서로 마음에 들고, 아닐땐
귀빰을 두 번 때린다니, 맞지 않고 밟혀야 할 텐데
나그네는 걱정이 앞선다.

어릴 때부터 울보 훈련을 하고, 시집가기 1주
전부터 울기 연습하여 두 눈이 퉁퉁 부어야 한다.
이는 어질고 정이 풍부함을 나타내기 때문이다.

한 달에 20일 가량 비가 내리는 온난대 기후여서,
습기를 피하기 위해 사람들은 2, 3층에서 산다.
따뜻한 기온 때문에 난방 시설은 없고 창문도 없다.
모든 사람들은 낮잠을 매일 한 두 시간씩 취한다.
불면증에 시달리는 분은 이곳에 살면 좋으리라.

장가계의 풍광은 크게 두 지역으로 나뉜다.
하나는 무릉도원 남쪽 시내와 접한 천문산 지역이고,
다른 하나는 무릉도원 서북쪽 천자산 지역이다.

무릉도원 장가계(2)

천자산은 해발 약 1500m이다.
시내에서 산꼭대기까지 케이블카가 설치되었다.
세계서 가장 긴 약 8km의 케이블카를 타본다.
발아래 펼쳐지는 산천이 장관이다.
기기묘묘한 봉우리와 암석, 그 틈새에 자리한
꽃과 나무.
아늑하게 보이는 굽은 길과 들판.
이 모든 것을 숨겼다가 금방 토해내는 운무,
창공에서 30분 정도 놀다보니 전망대였다.

올라가다가 중간 지점의 정거장에서 내렸다.
미니버스를 타고 약70도 경사를 곡예하며 오른다.
해발 1000m지점에 있는 '천문산 동굴'을 탐방하기
위해서였다. 세계서 가장 높은 지대에 형성되었다.
양쪽 암벽사이로 뚫린 그 자체가 오묘하다.
동굴까지 약500m, 45도의 긴 경사계단을 올라야만
목적지에 도달할 수 있다.
우리 부부는 무릎이 아파 포기 했다.
이순 중반이 원망스럽다.

1999년 곡예비행대회 때 비행기 4대가 차례로
동굴을 통과했다니, 가히 굴의 규모를 짐작할 수 있겠다.
수시로 동굴에 구름이 걸렸다가 흩어진다.
구름은 환상적인 장면을 계속 연출한다.
동굴에 오르지 못한 비통함을 깔끔히 씻어준다.

천문산 반대편 장가계 북쪽 천자산으로 이동 했다.
총 면적은 65제곱 킬로이고, 해발 1000m이상인
높은 봉우리들이 우후죽순처럼 솟았는데
가장 높은 것은 해발 약 1200m다.
엘리베이터를 타고 해발 약 1000m에서 내렸다.
무릉도원 계곡이 한 눈에 내려 다 보인다.
북쪽은 높은 병풍산으로 막혔다.
3면은 봉우리들이 숲을 이루고 사이에 계곡이 있다.
천군만마가 포효하며 달려온다.
이내 구름이 덮치면서 시샘하여 시야를 흐린다.
산책로가 서쪽 남쪽 그리고 동쪽으로 이어져 있다.
관광객들이 틈 없이 밀려가는 동쪽 산책로로
발길을 옮겼다.
고령자나 장애인이 2인조 대나무 가마를 타고도
다닐 수 있는 공간을 확보해 놓았다.

잘된 산책로에 박수하며 걷는데, 낭떠러지 산등성이
를 연결한 다리의 특이한 공법이 더욱 놀라웠다.
바위 봉우리마다 기세가 웅장하며 기이하다.
수려하고 야성의 아름다움까지 넘친다.
빽빽하게 늘어 선 신기한 봉우리들은 숨이 막힌다.
운해의 변화가 무쌍한 여름.
청명한 늦가을 밤의 달빛.
눈 덮인 겨울의 멋스러움은 어떨지?

황제가 쓰던 붓을 던졌다는 어필봉.
선녀와 같다고 해서 선녀헌화봉.
혼을 잃을 만큼 아름답다고 한 미혼대.
두 개의 바위가 석관으로 연결된 천하제일교.
활룡천, 봉서산, 노옥장, 다반탑, 석가탕 등
빼어난 경관은 나그네의 발길을 놓아주지 않는다.

2시간 산책에도 피로를 잊었는데, 어찌하랴!
안내원 독촉에 바빠진 발길. 하산하는 엘리베이터를
탈 수 밖에.
산수도 절로 이내 몸도 절로.

상해 임시정부 청사

중국하면 이웃사촌이고 옛날부터 인연이 깊은 나라.
한 번쯤은 가고픈 생각이 많았던 곳이다.
그래서 1995년 여행이 허용되기가 바쁘게
북경을 다녀왔다. 13억 인구의 수도라고
하기에는 초라하기 그지없었다. 하지만
천안문과 만리장성은 대국이었음을
실감케 했었다.

자유경제체재로 전환하여 10년이 흐른 2005년.
남경지역 관광을 위해 푸둥 국제공항에 내렸다.
양자강 하구 드넓은 평야를 배경으로 한 상해.
빽빽한 빌딩의 신기루에 넋을 잃을 뻔 했다.
1700만이 사는 세계3대 도시의 위용을 유
감없이 자랑한다. 상해는 1267년에 이미
무역항이 되었었고 1824년 아편전쟁으로
개방되어 국제항이 되었었다.
영국, 프랑스, 미국, 일본 등
열강에 의해 승계 되면서
발전을 거듭했다.

오늘날 상해는 중국 문화 교육 무역 산업 중심지다.
최근에는 상해 총서기였던 장쩌민이 중국 권좌에
오르자, 초고속으로 변모를 거듭하여 조성된 빌
딩숲 사이로 시간을 다투어 고층 빌딩이 치솟는
단다. 특이한 것은 빌딩의 건축 모양이 같은
것은 하나도 없다. 모두가 개성미가 돋보
이도록 설계되어져 있었다.

평생 사모하던 임시정부 청사 탐방을 위해 발길을
재촉했다. 고요하던 가슴이 흥분되며 잔물결이
울렁거린다. 찾아가는 길목은 구시가지로 재
개발이 한창이었다. 관광버스가 멋진 곡
예를 하면서 몇 굽이를 맴돌았다. 골목
3층짜리 붉은 벽돌집 앞에 멈췄다.
일반주택과 연립되어져 있었다.

북적대는 사람들 사이로 '대한민국 임시정부 관리처'
라는 현판을 읽을 수 있었다, 찾고자 하는 건물임
을 입증했다. 보잘것없는 건물이었지만 반가운
마음 금할 길 없었다. 차례를 기다렸다가
건물 안으로 들어섰다.1층은 역대 총수
사진이 걸려있었다.

사진 밑에는 몇 가지 자료가 진열되었으며 비디오
시청도 할 수 있었다. 비좁은 목조 계단을 오르니
그곳은 숙소와 주방 자리였다. 그때 사용하던
가구들을 만져 보니 선열들의 손길이 잡힌다.
3층은 집무실 당시의 각종 책과 사진이
전시되어졌다. 눈을 감으니 임들의 모
습이 파노라마 되어 진다. 오직 구국
일념으로 부모 형제 처자식도 버리
고 이역만리에서 고통을 곱씹다가
생을 다한 임들!
선열이여 고맙고 감사합니다.
은혜 입어 해방되고 부귀영화 누립니다.

당시의 발자취를 더욱 깊이 새겼으면 좋으련만.
줄을 잇는 방문객 때문에 밀려 나올 수밖에
없었다. 아쉬웠지만 하루에도 수천 명의
후손들이 찾는다니 반가운 일이다.
주마간산 격이나마 선조들 높은
뜻을 새겨보는 순간이었다.
이곳 청사는 1926년부터 윤봉길의사 의거가
있었던 1932년까지 6년간 사용했던 곳이었다.
정겨움을 묻고 떠나왔다.

상해의 명물 '동방명주탑'을 보기위하여 구시가지에서
신시가지로 버스가 달린다. 황포강변을 지나쳐가는
순간 서양 건축물을 보고 깜짝 놀랐다. 관광객들
눈을 사로잡는다. 열강들이 세운 다양한 양식의
건축물이 약 2km나 된다. 상해 현대 역사의
축도라고 부르는 '외탄'이다. 밤이 되면 화려
한 조명이 이곳을 비추며 황포강에 유람선
이 오르내리고 제방을 따라 수많은 사람들
이 산책을 하면 동양의 멋은 간곳없고
유럽 풍광을 자랑한다.

동방 명주탑이 있는 건물에 도착 되었다.
지상에서 세 갈래로 올라가다가 하나가 되어
치솟는다. 높이는 468미터 아시아 제1이며 세계
3번째로 높다. 오랜 시간의 기다림 뒤에 엘리베
이터를 타자 10여초 만에 지상 263미터 전망대에
올려졌다. 상해의 황혼 전경은 한 마디로 한 폭
의 풍경화다. 광활한 초록 대지에 오밀조밀
하게 펼쳐진 시가지 모습이 평화로우며
한가롭게 보이면서 가슴이 확 트인다.
탑 주변 초고층 빌딩 숲은 대조적이다.
상해의 활기찬 심장의 맥박을 바라보는 듯 했다.

전망대를

내려오면서

침울한 생각이 들었다.

빠른 발전은 좋지만 구

시가지가 없어지고 있다.

대한민국 임시정부 청사는 어떻게 될 것인가?

혹 철거되어 없어지는 것은 아닐지 걱정 된다

국가적 대책이 세워져 이설이라도 되었으면 좋겠다.

한 촌부의 불안한 생각이 기우로 끝나기를 빌어본다.

종교를 갖는 것은?

종교를 갖는 것은
갖지 않은 것보다 좋을 것이다.
남에게 해가되는 일을 적게 하게 될 것이고,
화가 치밀 때 진정시켜줄 수 있을 것이며, 울적할
때에는 안정을 되찾게 해줄 수 있을 것이기 때문이다.

이러한 소박한 종교 의식을 가져 본 것이 꼭 50년 전
고등학교 1학년 때의 일이었다. 윤리시간에 '종교생활'
이라는 단원을 공부할 때의 기억으로 생각 되어 진다.

그때 고향에는 성당공소와 교회가 있었다. 부모 형제
친척들 중에는 신자가 한 사람도 없었다. 그렇지만 종
교를 가져봐야 되겠다는 생각이 강했다. 그래서 성당
미사를 참석해 보고, 교회 예배도 참석해 봤다. 어느
쪽이 내 취향에 맞는지 탐색해 보는 과정이었다.
성당 미사는 엄숙하고 조용했지만 기도문
암송이 힘들었다. 교회 예배는
찬송가를 합창하며 흥미롭고
자유로운 기분이었다.

1959년 열아홉 살 때부터 교회를 다니기 시작했다.
열심이었다고나 할까? 주일은 물론이고 새벽예배도
참석했다. 2년 후 초등학교 교사가 되어 4년간 주
일학생을 지도하기도 했다. 군에 입대하여 훈
련소에서도 교회에 나가는 열정을 보였다.
1965년 1월 강원도 전방부대로 배속
되면서 교회를 못 나갔다.

신앙생활은 촛불과 같다고나 할까? 촛불은 계속 지
피지 않으면 꺼지기 마련이다. 종교가 마음의 등
불이라면 등불을 계속 켜지 않으면 꺼지는 것은
필연일 수밖에. 식어져 가는 신앙생활을 더욱
냉각시킨 계기가 왔다. 그것은 함석헌지음
'뜻으로 본 한국역사'였다. 저자는 하느
님을 믿고 성서를 실천하는 독실한
기독교인이었다.

그러나 '무교회주의자'였다. '신앙은 사람 개개인의
믿는 마음에서 실천되어지는 것이고 내면적인
산물이기 때문에 외형적인 것에 억매여
서는 안 된다.'라고 하였다.

'교회를 크게 짓고 십자가를 하늘높이 치솟게 설치
하면 죄 사함을 더 많이 받을 수 있는 것이냐?'고
꼬집으며 반문하기도 했다. 그는 한국역사를
부족국가, 통일신라, 고려, 조선, 현대로
구분하고 시대별로 민족의 힘이 된
종교를 고찰해 놓았다.

부족국가 시대에는 부족마다 각기 다른 바람직스런
종교의식이 있었고, 그것을 바탕으로 하여 사회가
유지 발전 했었다고 한다. 그러나 이스라엘처럼
민족적 종교로 발전하지 못한 것을 안타까워
했다. 그래서 불교가 순풍에 돛달고 토착
화되어 통일 신라와 고려의 국교가
되었다고 한다. 조선시대에는
유교가 통치이념과 사회규범
의 근본이었고. 현대는
기독교가 부상되었다.

결국 한반도는 유구한 반만년 역사를 간직한
민족이지만, 동갑내기의 다른 민족에 비해 구심
력강한 고유의 전통적 종교를 갖지 못했다는 것이다.

저자는 이러한 역사를
못내 아쉬워하고 서글퍼하면서
지금부터라도 우리민족화가 되어 질수 있는
종교를 키워나가는 정신문화가 생성되고
꽃피워져야 된다고 주장하고 있었다.

'뜻으로 본 한국역사'는 교회 나갈 마음을 빼앗아갔다
수십 가지의 종파로 나뉘어 다툼하는 모습은, 나의
발걸음을 교회에서 더욱 멀어지게 했다.
교회와 담을 쌓은 지 40 년.
나는 60 중반이 되었다.

종교란 무엇인가? 백 사람에게 묻는다면 백 가지 대
답이 나오지 않을까? 왜냐면 5년 남짓 교회를 다
녔고 이순이 넘었지만, 종교에 대한 명확한 인
식이 정립되지 않기 때문이다. 하지만, <u>종교
란 인간과 우주의 절대자와의 관계가</u>
아닐까? 하는, 어설픈 생각을 하
고나니 마음이 홀가분해졌다.

'우주의 절대자'를 '창조주'라고 불러도 좋고, '하느님'
또는 그 밖의 이름으로 호칭해도 상관없을 것이다.

오직, 그분만이 삼라만상을 있게 하고 운행을 할 수
있는 절대자인 것이다. 그래서 결국 종교의 중심은
'신의 존재'이며 무신론을 주장한다면 종교는
성립될 수 없을 것 아닌가.

자식이 부모님을 공경하고 그분의 뜻을 받들며
살아가는 것이 효도의 근본인 듯, 인간을 있게 하고
만물과 더불어 생존할 수 있도록 보살펴 주는 하느님
은총을 감사하고 흠모하며 그와 가까워지려고 하는
종교의식이 또한 사람으로서 취해야 할 도리가 아닐까?
이러한 인간과 하느님 관계를 유지 발전시켜 주는 중재
자로서 신격 적 인간을 그 종교의 '교주'라고 칭하리라

10대 후반에 종교를 가졌던 것은 자신을 깨우치며
반성하고 남을 배려해 주는 것이라고 막연한 생각이
었다. 그러다 보니 종교에 대한 회의가 신앙생활을
막았고, 끝내는 비신자가 되어 오랜 세월 방황했다.

이제 종교를 갖는 것은 10대의 생각에서 한 걸음
더 나아가. 인간으로서 하느님께 가까워지려고
하는 원초적 의무가 종교임을 알았기에
더욱 정성들여 신앙생활을 하고 싶다.

풍란 산책

풍란에 물을 주며
속삭여 온 삶도 어언 10여 년이 넘었다.
맨 처음 돌에 풍란을 올려 키운 것이 1990년이었다.
산행할 때마다
풍란 올릴 돌이나 나무를 수집했다.
봄이면 부부는 화원에서 풍란을 사다 작품을 만든다,

풍란은 상록 다년초로서 남쪽 섬 지방 야산에서 자생한다. 뿌리가 바위와 나무에 붙어 산 다는 것은 모두 잘 알고 있으리라. 몇 개가 엉겨서 빽빽하게 무리를 이루는 것이 특징이다. 꽃은 7월에 피는데 은은한 향이 넋을 빼앗아간다. 매력적인 풍란 향 때문에 부부는 풍란을 좋아한다. 한 줄기에 지름 1.5cm, 길이 1cm 정도의 꽃이 3~5개가 피어난다.

원래 야생풍란은 꽃이 순백색 이지만 개량종은 흰색을 비롯하여 연분홍 등 다양하다. 잎과 줄기도 진초록을 바탕으로 하여 흰색, 백색, 노란색 등의 무늬가 들어가 풍란도 천연색 시대가 되었다.

잎 모양도 좁고 넓은 것, 짧고 긴 것 등 다양해 감상
폭을 훨씬 넓혀주고 있다. 풍란은 배양한지 2.3년
지나 키가 3~5cm로 깜찍한 것을 구입한다.
이것을 돌이나 나무에 붙여 3년 키우면
6~8cm가되고, 5~6년이 지나면 10~12cm
정도가 되어 더 이상 안 자란다.
꽃은 키운 지 5년 이상이어야
피고 더 늦게 피는 것도 있다.

우리 집에서 매일 물을 받아먹고 사는 풍란들.
그중에서 대표적인 것을 산책해본다.

첫째 열세 살이 된 소엽풍란이 사는
집은 폭15cm, 길이 60cm, 높이 35cm인
장화 모양의 퇴적암이다. 여기에 풍란을 붙인
것은 우리 부부의 첫 솜씨였다. 촉 다섯 개를 돌
평원에 놓고 세 촉은 돌 봉우리에 자리를 정했다.
검정실로 돌을 수십 번 돌리면서 풍란을 얽어맸다.
고맙게도 한 촉도 죽지 않고 둥지를 틀었다.
요즈음은 해마다 은백색 꽃을 피워 기쁨을
주고 있다. 남은여생 평화롭고 남에게
향기를 선사하라고 일러준다.

두 번째로 오래된 것은 화원에서 구입한 전문가의
작품이다. 입석의 아래쪽 폭이 8cm이고 위는 25
cm이며 높이 30cm인 가분수형이다. 10년 세월
을 살아온 진초록 잎줄기는 우산이 되었다. 뿌리는
얽히고설키면서 몸통에 그물망을 만들었다. 이 녀
석들은 세상살이가 평원만이 있는 것 아니 라고
일러준다. 위태로운 절벽에서도 인내와 끈기로
살 수 있음을 증명 해준다. 억척스런 삶에
고개 숙이며 어려움을 극복해본다.

다음은 8~9년이 된 석회석에
둥지를 튼 작품이다. 두께10cm,폭30cm,
높이40cm 되는 돌에 풍란을 붙였다. 부부가 두 번
째 만든 작품이다. 첫 작품은 실로 동여 서 풍란을
고정시켰었지만 이번엔 전문가에게 배운 방법을
적용 했었다. 난 뿌리를 펼쳐 놓고 접착제 한
방울씩 떨어뜨리면 곧바로 고정이 되어졌다.
실로 묶는 법보다 훨씬 수월하고 빨랐다.
세상만사 알고 행할 때 성공률도 좋고
고생도 덜 한다는 것을 새삼 느끼지 않을 수
없었다. 석회석은 계곡 모양을 하고 있으며 양쪽에
높고 낮은 봉우리가 있어서 수려함이 그지없었다.

두개 향나무 고사목에서 7년이 된 풍란도 있다.
하나는 높이가1.5m인 ㄱ자형 향나무에 뿌리
내린 대엽풍란이고 다른 하나는 높이 1m인
ㅅ자형 향나무에 자리 잡은 소엽풍란이다.
이들은 모두 고운 나뭇결과 기이한
생김새와 조화를 이룬다.
목부작들은 석부작들 보다 활착이 잘되고 싱싱하다.
하지만, 보습력이 돌 보다 떨어져 주의해야했다.

끝으로 3살짜리
아기풍란은 제주 화산석에서
산다. 폭10cm 높이15cm인 평원석은
길이가 65cm나 되고 낮은 봉우리가 솟아있다.
돌 모양 그 자체가 넓은 바다위에 뜬 한라산이다.
한 폭의 그림 같은 돌에 한가로이 졸고 있는 풍란이
부럽다. 풍란은 삶의 꿈이요 희망이 아닐런지.

60대 후반을 사는 우리 부부는 풍란에 더욱 가까워
지려고 노력하고 있다. 물을 분무하며 때때로 시비
하고 잎을 닦아준다. 그들은 고맙고 감사하다고
방긋방긋한다. 우리들도 정성들여 그들을 돌봐
주며 웃는다. 서로 건강하고 행복하자고.

용서

요즈음 '용서'라는
의미에 대한 고민이 많아졌다.
이순(耳順)의 중반을 넘기는 삶이지만
간혹 귀에 거슬린 소리를 들으면 소화를 못 시킨다.

어려서
타인으로부터 순하다는 말을 많이 들었다.
천성이었을까? 아니면 표현력이 부족해서였을까?
좌우간 꾸중을 들으면 다소곳 받아들이는 편이었다.
용기가 없고 도전성이 부족 되는 것이 용서였을까?
철이 들어
직장생활을 할 때
동료나 상사의 불합리한 언어나 행동을 보고
'그럴 수도 있겠지' 하고 넘어가는 편이었다.
잘못과 불의에 눈감으며 인내하는 것이 용서였을까?
학생들을 가르칠 때는
말썽피우거나 잘못하면 곧바로 꾸짖다가
'청소년은 미완성인데' 하고 너그럽게 타일러줬다.
아량을 베풀고 알고도 모른 척하는 것이 용서였을까?

가정을 꾸미며 자식들과 생활하게 되었다.
가족관계는 영구적이라면 타인관계는 일시적이다.
가족들 잘못에 화내고 꾸짖는 일이 많았다. 그래도
시정되지 않으면 회초리를 들기도 했었다. 이럴 때
아내는 남에게는 관대하면서 자식들한테는 너무
한다는 핀잔을 받기도 했다.
용서의 대상과 방법은 다른 것일까?

직장에서 상대방의 비리를 알면서도
모른 척 했다거나 숨겼다는 보도를 간혹 본다.
지금까지 살아오면서 진실이 아님을 인지했건만
조치를 취하지 않거나 모르는 척 한 적이 있다.
용서는 무엇이며 어디까지 어떻게 해야 하나?

용서의 사전적 풀이는
'잘못이나 죄를 꾸짖거나 벌하지 않음'
이라고 했다. 잘못이나 죄의 기준은? 범위는?
꾸짖거나 벌하지 않는 방법은 무엇이며 그 정도는?

용서란 인간 삶에 없어서는 안 될 중요한 도덕적
덕목이다. 해서, 용서하는 마음이 너와 내가 일치
되지는 않을 것이다. 그러므로 용서함으로서 사회

혼란을 우려할 필요는 없는 것이다.
하지만, 용서는 국가나 지역 통치 수단은 될 수 없다.

베드로가 예수께 "몇 번이나 용서해 주어야 합니까?
일곱 번이면 되겠습니까?"하고 물었을 때 그에게
"일흔 번씩 일곱 번이라도 용서 하여라"라고 했다.
이를 음미해 보면 용서란 끝없이 아량을 베푸는
일로서, 무한함을 깨우쳐 주고 있으며, 방법은
각자가 알아서 행해야 할 것이다.

용서는 지속적인 진실을 바탕으로 백 번, 천 번
이라도 행해져야 할 속성을 지니고 있다.
용서는 순간이 아니고 무한이며, 겉치레가 아니고
속마음의 표현이어야 할 것이다.
용서는 말이 아니고 사랑으로 감싸주는
행동 이어야 하지 않을까?

이제부터라도 참된 용서의 삶을 위해 노력하고 싶다.
그러기 위해서 먼저 귀를 순하게 다듬으리라.
이웃들로부터 듣는 모든 이야기에 대해 속상해
하지 않음을 물론이고 짜증스러워하거나
화냄이 없어야 되겠다.

다음에는 눈을 순하게 관리해 나가야 될 것 같다.
눈을 통해 들어오는 거칠고 아니꼬운 행동이나
결례 된 모습들을 보고 노하지 않을 것이며,
사회의 한 단면으로 받아들이면서 기회
있으면 부드럽게 조언하리라

마지막으로 입을 순하게 할 것이다.
나의 생각을 타인하게 전할 때 불만족스럽
다거나 불평, 부정하는 언어구사는 삼가야 되겠다.
그리고 상대방을 자극하는 말을 조심할 것이다.

이제는 이순(耳順)하고
목순(目順)하며 구순(口順)하는
습관을 키워 용서하는 삶을 펼치리라.

지프니카 여행

수은주가 섭씨 35도를 오르내리는 8월 초순 기승을
이겨내는 방법으로 이열치열을 선택했다. 해서 더
운 지방으로의 여행을 구상하고 실천했다. 적도
가까운 열대성 기후의 필리핀으로 향했다. 필
리핀은 마젤란의 세계일주 항해 길에 발견되
었다. 그는 세부 섬에 도착하여 원주민들과
싸우다가 죽고 잔여 일행은 다음해에 본국
으로 돌아갔다. 스페인은 1565년에 필리핀
을 정복하고 약 330여 년 간 지배했다.
1898년부터는 미국이 지배하고, 1941년에는 일본이
점령했다. 1945년에 미국이 다시 차지했었다. 그리
고 1946년 7월에 '필리핀 공화국'으로 독립했다.
참으로 복 없는 나라라고나 할까? 420여 년
간이나 타국 지배를 받았으니 말이다.

이러한 역사를 간직한 필리핀은 토착문화에 스페인과
미국문화가 뿌리내려 복합문화를 형성하고 있다. 해
서 도시민들의 생활이나 행동양식은 서구적이며,
농어민들은 전통적인 생활양식을 따르고 있단다.

여행 둘째 날은 마닐라 근교의 '따까이 따이' 지방으로
향했다. 관광버스에서 내려 '지프니카'로 옮겨 탔다.
차 뒤쪽에 있는 계단을 오르기가 바쁘게 고개 숙
였다. 그리고 양쪽에 놓여 진 긴 나무의자에
마주보고 앉았다. 차 안에서 일어서면
천장에 박치기하기 안성맞춤이다.

30여 분간 산길을 이리구불 저리구불 기어오르고 내
려간다. 드넓은 호수가 나왔다. 이름 하여 '타알호'.
화산구 안에 형성 된 호수이다. 동서길이 약
19km, 남북길이 약24km.어마어마한 호수의
규모에 놀라지 않을 수 없었다. 그런데 호수
중앙에 해발 300m의 활화산이 떠 있었다.

소형 동력선이 관광객을 태우고 잔잔한 호면 가르며
'타알 섬'을 향해 돌진해간다. 섬에 도착하자 수십
마리의 조랑말들이 반겨준다. 마부들의 외침
소리가 시골 장터를 연상케 한다.

조랑말을 타고 산에 오르기 시작했다. 말 잔등 손잡
이에 힘이 들어가면서 등이 젖는다. 하지만 어린
마부의 능숙한 말몰이에 안심이 된다.

정상에 오르자 또 하나의 호수가 발아래 펼쳐진다.
화산구가 막혀 큰 호수가 되고 그 안에 화산으로
섬이 생기면서 또 호수가 생겼다. 이중으로
형성 된 '칼데라' 즉 화산구의 신비로움이다.
답사를 마치고 돌아오는 선실.
놀라움과 두려움이 교차된다.

자연의 오묘함에 감탄하면서 놀라웠지만 타알호에서
30여회의 분화형상이 일어나 지금도 활동 중이라는
가이드 말에 두려워 졌다. 마그마가 솟구치지나
않을까 안절부절하며, 미약한 인간들의 오만
함을 뉘우쳐 볼 수밖에 없었다.

중첩 된 '칼데라 호수'의 경이로움을 간직한 채 다시
지프니카를 타고 오던 길을 되짚었다. 험한 산길을
르내리기 때문에 지프니카로 관광객을 실어 나
르는가 보다 했더니만, 마닐라 시내를 질주
하고 다니는 수많은 지프니 카에 놀라움을
금할 길 없었다. 가이드 설명을 들었다.
지프니카는 지프와 리어카의 합성어로 지프리어카여야
옳은데, 이곳 사람들은 5음절 표현이 익숙하지 못해
4음절 변칙 발음을 해서 지프니카로 쓴다고 한다.

필리핀은 1946년 독립 때 군용 지프를 모두 넘겨받
았다. 이를 개조하여 대중교통 수단으로 이용하
게 되었다고 한다. 이런 16인승 지프니카는
60년 동안 필리핀 국민들의 희로애락을
한 몸에 실어 나르면서 오늘에 이른다.

지프니카는 개방 된 뒤쪽계단으로 손님이 오르내리게
되어있다. 요금은 탐승과 함께 자리에 앉아 옆 사
람에게 주면 릴레이식으로 운전수에게 전해지고
거스름돈은 역으로 손님에게 돌아온단다.
차를 탈 때면 아무 곳에서나 손을 들고,
내릴 때에는 내릴 곳에 와서 손님이 자리
에서 일어나면 멈춘다고 한다.

볼품없는 교통수단이라고 업신여겼던 지프니카에 대
해 미안한 생각이 들었다. 지프니카를 대중교통으로
잘 이용하고 있는 필리핀 국민들에게도 죄송했다.
그리고 성숙된 요금 지불방법과 오르내림의 교통
질서에 배울 점이 많았다. 경솔했던 생각을 책망
했다. 그 나라 나름의 문화에 경의를 표했다.

기다림

요즈음 나는 기다림 때문에
한 주일이 쉬 왔다 빨리 간다.
한 주일은 번개 같고 한 달은
쏜살같다고나 할까?

바다낚시 때문에 주마다 월요일 11시를 기다린다.
11시 5분전이면 2층으로 가 컴퓨터를 켜고 앉는다.
정각이 되면 영광원자력본부를 치고 들어가 배수로
낚시를 클릭해 예약 창을 연다. 토.일요일 각각 백
명 선착순 접속이기에 4, 5분이면 출입할 사람이 확
정되어 진다. 늦으면 '다음기회를 이용해주세요'라
는 야속한 자막이 뜬다. 접속에 성공한 주일이면
화요일부터 마음이 설렌다. 돔 낚시를 할까? 숭어
낚시를 할까? 아니면 두 가지겸할까?
낚시종류가 결정되면 낚시채비를 한다.
금요일엔 일기예보를 점검해본다.
비가 없는 날은? 바람세기는?
좋은 날을 선택하고
다른 날은 취소한다.

바다낚시 가는 날은 어린 시절 소풍가는 날과 같다.
깊은 잠을 못 들고 일찍 일어나 부산스러워지기 일
쑤다. 하지만 아내의 자상한 협조로 낚시 준비가 완
료된다. 신바람을 날리며 한 시간 남짓 차를 달린다.
목적지에 도착해 수속을 밟고 입장해 낚싯대를 편다.
대어의 꿈을 펼치며 마음이 평온해 진다. 부풀었던
기대에 흡족하여 휘파람을 불며 귀가한다.
때로는 손맛 한 번 못보고 허탕을 친다.
하지만, 기다림은 희망이었고 즐거움
이다. 어쩜, 기다림은 삶의 행복
이고, 삶의 원동력이다.

어렸을 적 목포에 가신 어머님 귀가를 학수고대 했던
일이 생각난다. 맛있는 간식거리가 손에 쥐어지기 때
문이었다. 유달산 북쪽바다. 그 위를 미끄러져 압해
도로 건너오는 통통선을 눈이 시리도록 기다린다. 많
은 사람들이 삼삼오오 짝을 지어 신작로를 걸어온다.
봇짐을 이고 지고 들고 이야기를 나누며 우리 집 옆
을 지난다. 사람들을 뚫어지게 응시하는 나를 보고
동네아줌마가 "너희 엄마 이 배로 안 오드라"
하고 일어준다. "고맙습니다."하며 집으로
돌아가 다음 도선을 기다린다.

철들어 초등 고학년 때 기다림은 중학교 입학이었다.
큰 사전 부피의 입시 문제집을 구입하여 풀었다. 전
국 주요 중학교에서 3년 동안 출제 되었던 문제였다.
2년 동안 두어 번 반복해 읽었고, 기다림은 열매를
맺어, 사범병설중학교를 거쳐 사범학교에 진학했다.
초등학교 교사를 위한 품성과 지식 등을 습득
하면서 유능한 교사가 되기 위한 3년간의
수련은 나의 인생에서 가장 고귀하고
값진 긴 여정의 기다림이었다.

스물한 살, 초등학교 교사가 되었다. 해마다 새로운
학급을 담임한다. 그들과 1년 동안 온갖 정성을 쏟
으면서 곧게 성장하기를 기대한다. 이런 한 해의
기다림은 삶의 존재감을 더욱 벅차게 해준다.

탈 없는 군대생활과 제대의 염원. 좋은
사람 만나 가정을 이루는 일. 자녀
를 두고 바르게 양육시키는 일.
교육자로서의 직위향상 등등.
그 때마다 기다림이 있었고
삶이 지속되었다. 모든 것이
추억을 남기며 지나갔다.

나는 이제까지 기쁨의 기다림 속에서만 살아왔다.
하지만, 기다림은 우리에게 등불만을 밝혀주는 것
만은 아닌 것 같다. 때로는 비애와 자포자기의 아
픔을 가져다주기도 한다.
질병으로 인한 죽음의 기다림이 있다. 벼랑으로
추락하는 본인의 절망감은 물론이고 부모형제
친지들의 슬픔 또한 한이 없을 것이다.
바램이 물거품이 되고 사업이 뜻대로 되지 않아
재기할 것을 다짐하고 발버둥 대는 기다림은
하루하루 어둡고 적막한 터널을 걷고
있는 셈이기도 하다.

기다림은 삶의 필연성이 아닐까? 삶이 있기에 기다
림이 생기며 기다림이 있기에 삶이 존재하는 것이다.
인생은 기다림의 연속이다. 탄생을 기다리고 성장을
기다리며 잘되기를 기다린다. 좋은 기다림이 있는가
하면 궂은 기다림도 있다. 말 못할 기다림,
애태우는 기다림도 있다. 크고 작은
희로애락의 기다림 들이 하루, 한
주일, 한 달, 1년의 생활 속에서
몇 번씩   왔다가고 또 온다.

내 생의 여정에서 발현되고 소멸되어지는 기다림은
이별의 속성도 있음을 깨달아야겠다.

만남의 기다림
기쁨의 기다림
희망의 기다림도 좋지만

이별의 기다림
슬픔의 기다림
절망의 기다림도
수용할 도량을 키워나가야 되겠다.

팍상한폭포 속으로

필리핀 여행 일정에

폭포 탐사 코스가 있었다.

우리 일행들도 늙은 나이지만 아랑곳없이 신청했었다.

아침 호텔 식사를 서둘러하고 관광버스에 탑승했다.

마닐라 중심부를 지나 남동쪽으로 달려 나갔다.

차량 밖 드넓은 벌판엔 이모작 벼들이 시샘하고 있다.

두 시간 남짓 달려온 버스가 강 하류 쪽에 닿는다.

어느새 왔는지 넓은 주차장이 차로 빽빽하다.

팍상한폭포 관광은 필리핀 대표 관광 상품인 것 같다.

10여 미터 강폭을 가득 흐르는 물은 온통 황토색이다.

오염되지 않은 물이라고 가이드가 먼저 설명해준다.

그걸 증명이라도 하듯 강변 양쪽에 낚시꾼들이 많다.

차례를 기다리는 줄을 이탈해 그들에게 달려가 봤다.

잡힌 것들은 피리모양이나 붕어모양 이었다.

작은 물고기들은 찌개 감으로 안성맞춤이다.

폭포 이름이 신기하기에 가이드에게 물어보았다.

'팍상한'이라는 말은 스페인어 '파나그상하안'으로

'갈라졌다'는 뜻인데 필리핀 사람들이 미국발음으로
소리 내다 보니까 팍상한이 되었단다.

폭포 투어용 통나무배는 폭이 0.8m, 길이 5m다.
배를 운행한 선원은 2명 한 조가 되는데, 자격증
취득한 원주민으로 국가에서 허가를 받는단다.
통나무배는 여행객이 두 명 또는 세 명이 탄다.
배 앞뒤에서 사공이 노를 저어 배가 정진한다.
흥겨운 노랫가락에 노 젓기 동작이 일치되어지고
구릿빛 무쇠팔은 쉴 짬 없이 움직여 속도를 낸다.
배는 물 위를 제비처럼 잽싸게 계곡을 향해간다.
기러기 무리가 날아가듯 꼬리를 물고 이어지는
통나무배 20여척 행진은 한 폭의 영화 같았다.

강물을 역류하여 올라 갈수록 강폭은 협소
해졌다. 완만했던 조류는 소용돌이치고
물거품을 내고 맴돈다. 통나무배는
이리 갸우뚱 저리 갸우뚱 춤을
추고 시냇물은 배안으로 간혹
넘쳐 들어왔다.
때로는 배가 바위에
곤두박질하려고하여 소름이 돋는다.

그때마다 여행객들의 비명이 절로 터져 나왔다.
순간마다 두 명의 사공들은 능숙하게 위기를 모면
하며 배를 몰아갔다. 스릴 만점 이었다.

물이 얕고 좁아 배가 앞으로 나아갈 수 없으면 사공
한 명은 앞에서 배를 들고 다른 한 명은 뒤에서 배
를 밀어 장애물을 넘는다. 상류 쪽으로 갈수록 좁아
지면서 깎아지른 협곡경관을 바라보는 눈동자는 멍
할 뿐이었다. 3백 미터 절벽 곳곳에 기생 하는 풀과
나무. 그리고 사이사이에 수놓아진 수십 가지의 이끼
와 난. 산골을 넘어 흐르다가 바람에 흩날리는 물줄
기와 물보라. 이 모든 것들이 시샘하여 자랑하고
있으니 여기가 천상낙원이 아닐는지.

통나무배는 급류를 한 시간 정도 올라갔다.
확 트인 넓은 공간이 열리면서 호수가 보인다.
넓이 80제곱미터 약 25평 이다.
그곳에 80m의 두 갈래 폭포가 떨어지면서 합해져
곤두박질하고 있다. 그 이름 '꽉상한폭포'.
폭포가 떨어지며 흩날리는 물방울.
호수에서 피어오르는 물보라.
계곡바람을 타고 흩날려 찾는 이 들의 옷깃을 적신다.

직경 10m의 호수에는
뗏목이 운행되고 있었다.
물옷으로 갈아입고 20여명이
오르고 나면 사공이 밧줄을 잡
아당겨 폭포 낙차 지점으로 간다.
모두가 팍상한폭포 속으로 빠져든다.

태고의 자연.
오염되지 않는 순수한 물줄기.
모두가 천진스런 어린이가 된다.
욕하고 화낼 시간이 없었다.
질투하고 시기하고 모함할 순간이 없다.
깔깔대며 웃고 기뻐할 뿐이다.
팍상한폭포 속 시간은 짧았다.
유구한 역사의 수레바퀴가 돌아가고 있다.
한 인간의 삶은 찰나일수밖에.

급류를 타고 질주해 내려오는 통나무배는 상쾌하다.
영화 '지옥의 묵시록'과 '여명의 눈동자' 촬영지였던
팍상한폭포. 그를 뒤로하고 떠나온 발길은 아쉬웠다.

동경에서 북해도 까지(1)

일곱 쌍 모임의 일본 여행에 대한
것을 위임 받았다. 인터넷으로 패키지
상품을 조사했다. 무박1일부터 4박5일까지
40여 가지나 된다. 교통편은 카페리와 항공기
였고 여행목적지는 남쪽 섬 규수, 시코쿠나 본도
혼수 또는 북해도였다. 역사적 문화적 유산들은
남쪽지방에 많았다. 하지만, 장마와 태풍이 염
려되는 여름이기에 규수지방은 피하고 본도
혼수를 거쳐 홋가이도를 여행키로 했다.

우리의 반만 년 역사에서가장 굴욕적인 삶을 강요
했던 일본이었다. 그래서 경원시 했지만 이제는 국
제 시대 그 나라의 자연과 문화를 직접 살펴보고
싶었다. 면적은 우리나라 약1.7배, 인구는 약
3배, 1인당 주민소득은 놀랍게도 약 4.8
배라니 그들의 힘은 어디서 왔을까?

첫 날은 나리카공항을 통하여 일본의 심장 도쿄로
갔다. 버스 차량 밖으로 주택들이 스쳐 지나간다.

가정엔 담장이 없다. 목조 2층집이 많다. 1층은 주
차장, 2층은 살림방으로 습기를 피하기위해서란다.
고층빌딩은 시멘트인데 외장은 유리인 것이 많다.
모든 건물은 지진 7정도를 견딜 수 있게 짓는다
고 한다. 해서, 일본 건축 기술은 세계 으뜸이란다.

가이드는 결혼풍습 설명에 신이난다. 먼저 기모노를
입고 신사에서 식을 올린 후, 교회서 드레스복장 으
로 결혼을 한다. 피로연은 3시간 정도 소요된다.

도쿄 최고의 관광지라고 하는 '레인보우브릿지'로 갔다.
볼거리와 즐길 거리가 많아 인산인해를 이룬다. 광장
한쪽에 운집한 군중 속을 들여다보니, 20세 전후
의 학생이 마술을 하고 있었다. 거지에게는 그
누구도 동전 한 닢을 주지 않지만 길에서
자기 재능을 자랑하면 동정의 손길을
보낸단다. 노력하는 자만이 살 수
있다는 생활의 약속일까?

우리 국민들의 무조건적 동정심과 대조적이었다.
돕는 마음이 적어서일까?
민족성 차이랄까?

호텔 냉장고 속에 식수가 없다. 화장실에서 나오는
수돗물을 마셔도 된다는 것이다. 전국 어디서나
마찬가지라고 하니 물 관리 정책과 국민
개개인의 협조심이 놀라웠다.

둘째 날은 동경에서 약 2시간
30분을 달려 '닛코국립공원'으로
이동했다. '닛코를 보지 않고 일본의
아름다움을 말하지 말라' 고 하는 말이
있단다. 그러나 안타깝게도 지척을 분간하기
어려운 짙은 안개가 닛코 국립공원과 쥬젠지호수의
조망을 방해하고 있었다. 다행스럽게도 호수에서 해
안으로 떨어지는 '게곤폭포'의 아름다움과 굉음이 유
명한 관광지의 장관을 일부분이나마 볼 수 있고 들
을 수 있어서 섭섭한 심정을 달랠 수 있었다.

호숫가에 있는 식당에서 점심을 먹게 되었다. 관광
객으로 붐비는 좁은 공간이지만 상차림이 개인별
로 준비 되어져 있었다. 한 개의 쟁반에 찬을
담은 6개의 종지와 2개의 공기가 놓여 졌고
탁자 중앙에는 밥통과 죽통이 있었다.
어렸을 적 상차리기 소꿉놀이가 회상되어져 웃는다.

밥과 국을 개별적으로 가져다 먹고 개인별로 반찬을
먹게 하는 식사문화는 본받아야 할 것 같다. 하지만,
찬이 워낙 소량이기에 한두 번 먹고 나면 없어진다.
더 주는 법은 없고 필요하면 사먹게 되었다.

유네스코 세계문화 유산 '동조궁'을 찾았다. 1603년에
덕천가와를 모신 왕족 사당인데, 손자가 건축 했다.
울창한 숲으로 둘러싸인 넓은 대지 중앙에 본당이
있고, 사방에 여러 채 부속 건물이 지어져 있었다.
모두가 목조 건물인데 오밀조밀 하면서 정교하다.
보는 이들의 탄성을 자아내서 인지, 국내외의 관
광객이 꼬리를 이어 발을 옮기기가 어려웠다.

저녁8시에는 혼슈 센다이항에서 홋가이도의 도마
코마이항까지 가는 태평양카페리에 승선했다.
(1만4천톤급) 뷔페식당에서 난생 처음
낫도(청국장)를 휘저어서 밥에 얹고
우에 보시(매실 콩)로 입맛을 돋우었다.
풍랑을 걱정했는데 호수처럼
잔잔한 밤바다가
정겨웠다.
대중목욕탕에 하루 피곤을 덜어내고 객실에 눕는다.

동경에서 북해도까지(2)

셋째 날은
일본 최고의 유황온천으로
유명한 북해도 '노브리벳츠'로 갔다.
벌거숭이 산 곳곳에서 솟아오르는 수증기와
뜨거운 열기. 유황 냄새가 코를 찌른다. 그래서
지옥을 연상한다하여 붙여진 지옥계곡을 산책했다.
자연의 수수께끼는 둔한 인간머리로서 풀길이 없다.

다음은 1시간을 달려 '도야 소화산'에 도착했다. 60
여 년 전에 화산으로 인해 솟아오른 산이라고 한다.
지금도 뿌연 연기와 매캐한 유황냄새를 내뿜으면서
화산활동을 계속 하고 있었다. 일본열도에는 사화산
이1180개, 휴화산이 1700여 개, 활화산이 86개라니
한 마디로 화산 천국이다. 그래서 어려서부터 지진
대피훈련에 익숙해지고 모든 생활도구나, 건축,
교통 등 안전하고 튼튼히 연구하고 개발
할 수밖에 없었을까?

저녁에는 홋가이도를 대표하는 관광지 '도야호수'의

온천호텔에 여정을 풀고
노천탕에 몸을 담갔다. 탕에서
피어오르는 수증기에 투명되어지는
드넓은 호수. 둘레가 142km나되는데 화구였다
니 놀라울 뿐이다. 호수를 비추는 오색찬란한 불빛
이 문자 그대로 환상의 세계를 연출한다. 어둠이 깊
어지자 호수 위 쾌속선쇼와 불꽃놀이는 길손을 무아
지경으로 빠져들게 한다. 깊어가는 밤이 아쉽다.

넷째 날은 운하의 도시로 유명한 오타루로 이동했다.
겨울에는 눈 덮인 설경, 여름에는 낭만이 넘치는 도
시란다. 오타루는 홋가이도 서쪽 이사카리만 해안에
자리 잡고 있었다. 도시 진입의 언덕에서 내려다보
이는 시가지 모습은 영화촬영 세트장 같았다. 시내를
통과하는 평화로운 운하와 주변의 큼직한 창고들은
화려했던 항구의 역사를 말해주고 있었다. 운하 양
편으로 이어지는 도로에는 데이트 족들이 많아 로
맨틱한 정취를 풍기고 있었다. 10만 종류가
넘는 유리 제품이 전시 된 공방거리는
오래도록 머리에 남는다.

동계올림픽 개최지로 유명한 '삿보로'에 도착하였다.

맑은 종소리가 온 도시에
가득 울려 퍼진다는 북해도 시계탑 앞에 내렸다.
서쪽으로 오오도리공원이 있었다. 폭 60미터, 길이
2km 넘는 직사각형 모양 평지다. 삿보로의 얼굴로
동계올림픽 중심지다. 때문인지 분수, 꽃, 수목, 구
조물이 조화를 이룬다. 이 도시는 북해도 개척의
요새로 섬 인구 3분의 1인 180만이 살고 있다.
도로에는 온수 파이프가 매설되어져 있어서
겨울철에 눈이 쌓이지 않는단다.

일본여행 마지막 날이 밝았다. 삿포로 북쪽을 달렸다.
차창 밖으로 펼쳐지는 농촌 풍경이 한가롭다. 밭마다
바람막이 울과 온 들녘을 수놓은 하얀색, 보라색 감
자 꽃이 이색적인 풍광을 안겨준다. 2시간 남짓 달려
홋가이도 중앙분지에 왔다. 아사히가와 공항이었다.
인천으로 가는 직항이 12시 30분에 있었다.

나흘간의 일본여행이 머릿속을 스쳐간다.
지진 잦고, 화산 터지고, 태풍이 많은 나라.
자연의 악조건을 이기고 일찍 선진국이 된 나라.
친절함, 억척스런 국민성, 전통적 문화 민족성이
약진의 원동력이 되어 100년간을 지속하고 있다.

망상어와 큰가시고기

요즈음 겨울철 들어 TV시청 시간이 많아졌다. 늙어
지면 어린애가 된다. 는 말을 실천하고 있는 것일까?
아니면 가진 것이 시간뿐이기에 낭비 하려는 방편
일까? 좌우간 TV시청 하다 보면 하루가 번개처럼
스쳐간다. 연속극은 작가 놀음에 혼을 빼앗기기에
눈과 귀를 막는다. 성인가요 듣기가 무난하지만
그보다 동물세계를 더 좋아한다. 신비로운
생활에서 삶의 지혜를 얻기 때문이다.

우연히 망상어와 큰 가시고기에 대하여 시청하였다.
그들의 새끼 번식과 양육. 그리고 희생 모습을 보면
서 나도 모르게 눈시울을 적셨다.
망상어는 경골어류 농어목 망상어 과의 바다고기다.
일반적으로 물고기들은 암컷이 알을 낳으면 수컷들
이 정액을 뿌려 체외수정 한다.
하지만, 망상어는 독특하다.
가을에 성숙된 정액이 겨울에 암컷의 난소에
들어가게 된다.
잉태된 새끼는 5개월 후 어미 뱃속에서 나온다.

30여 년 전 섬 중학교 근무 때 낚시 생각이 떠오른다.
어느 일요일 배를 타고 바다낚시를 나갔다. 감성돔과
흡사한데 등에 흑갈색 선이 두 개 있고 배가 볼록
하였다. 돔의 일종이러니 하고 신바람 나게 고기를
낚았다. 집에 와서 배를 가르니 새끼들이 팔딱거
리며 뛰어 나왔다. 칼을 내동댕이치며 기겁을
했다. 모든 물고기는 체외수정인데? 바다오
염에 변종된 감성돔일까? 지구변화의 신
종물고기 출현일까? 황급히 물고기를
바다에 갔다 살려줬다. 돌아오다가
이웃집 아저씨한테 자초지종을 여쭈었다.
그분은 너털웃음을 웃더니 망상어라고 했다.
어미 망상어는 새끼를 낳은 후에 죽는다고 한다.
그리고 다른 고기나 문어의 먹이가 된다는 것이다.

큰가시고기는 경골어류 큰가시나무목, 큰가시나무과
로서 물이 찬 강물이나 연못에 산다. 고기길이는 6
cm쯤 되는 작은 편이다. 등과 배에 가시가 있다.
수컷이 봄에 직경 4~5cm쯤 되는 집을 짓는다.
그 건축 방법을 보니 기가 막혔다.
우둔한 내 머리로는 생각지도 못할
경이로움이었다.

입으로 작은 나뭇가지들을
물어다가 집 틀을 짠다. 그 위에 수초를
물어와 덮는다. 아무렇게나 놓는 것이 아니다.
수초부분을 모래에 묻으면서 이영을 엮는다. 마지막
으로 집이 물에 떠내려가지 않게 점액을 뿜어내 나
뭇가지에 고정시킨다. 둥지 속 작은 돌덩이들을 입
으로 물어 밖에 버린다. 깨끗한 신방을 차려 놓고
신부를 기다린다. 쉴 짬 없이 움직이는 큰가시고기의
집짓기 모습 화면을 지켜보는 자신이 민망스러워졌다.
내가 사는 집 실내외 청소도 잘 못하고 사니 말이다.

보금자리에 암컷을 대려 와서 알을 낳게 하고 수정시
킨다. 그런 일을 몇 차례 반복을 한다. 수컷은 둥지
속을 향해 부채질을 하면서 다른 고기가 침범하지 못
하게 보호를 한다. 일주일 후에는 알집을 밖으로 꺼
내서 새물에 담궜다가 다시 둥지에 넣는다. 수온조절
의 지혜로움이란다. 15일이 지나서야 알에서 새끼들이
부화한다. 곧바로 헤엄을 치는데 둥지 밖으로 나가면
즉시 물어온다. 하루가 지나서 완전해지면 수컷은
운명을 다한다. 새끼들이 아비 시신을
뜯어 먹는다. 일부분은 바다 속으로
가라앉는다.

뭍에서도 새끼를
번식 시킨 후 죽는 것이 있다.
그 대표적인 것이 거미다. 알집에서 부화된
새끼거미는 죽은 어미를 뜯어 먹으며 성장한다.
미물들의 종족번식을 위한 희생적인 모정과 부정.
만물의 영장이라 칭하는 사람인 내 얼굴이 화끈거
린다. 언제인가 키우고 가르치며 시집 장가보내느
라고 손발이 닳고 검은머리가 흰머리가 되었다고
자식들에게 푸념을 한 적이 있다. 자식들은 내 손
을 꼭 쥐어주면서 효도 하겠노라고 다짐 하였다.

그들이 망상어 나 큰 가시고기의 부모 희생을
안다면 속으로 이 아비를 얼마나 냉소했겠는가?
이젠 자식들에게 웃음에 소리도 하지 않으리라.
그들 생활에 더욱 애정을 가질 것이다.

요즘 아기를 낳아 양육을 포기하고
영아원이나 고아원으로 보내는
엄마 아빠가 있다.
망상어나 큰가시고기, 그리고 거미가 보면
무엇이라고 꾸짖을까?

우리 집 철쭉

요즈음은 어디를 가나 철쭉꽃 세상이다.
도로변이나 공원에도 철쭉꽃이 어우러져 보는 사람
눈을 황홀케 한다. 뿐만 아니라 관공서나 공공기관
회사, 병원 등의 뜰에도 만발한다.
교외로 나가도 지천으로 흐드러지게 피어, 걷는 이
발길을 붙잡는다. 2.3십년 전에는 귀했었건만~.

우리 부부의 보금자리를 찾아들어도 철쭉이 화사한
웃음을 선사해주며 이야기 하자고 재롱을 부린다.
그것도 1층, 2층, 옥상 어디를 가나 벙글 벙글 이다.

애지중지 길러지고 있는 철쭉 화분은 70개에 달한다.
잎, 꽃모양, 색깔, 등을 구분하면 30여 종이나 된다.
분명 이름이 있을 터인데 다 알지 못해서 안타깝다.
이들은 어느새 피었다가 시들어버린 것도 있고,
한창인 것도 있으며, 이제야 꽃망울을 부풀리기에
정성을 다하는 녀석들도 있다.

우리 집에 철쭉이 한 식구가 된 것은 15년 전이다.

꽃을 좋아하는 아내가 서울 딸네 집 갔을 때 공원을
산책 했었다. 생전 처음 보는 철쭉꽃을 만나게 되고
한 가지 꺾어 왔었다. 엄청 가슴이 두근거렸다고.
나는 꽃 도둑도 도둑이라고 놀려주었더니, 아내는
'번식 시키려는 것이기 때문에 하느님도 용서 한다'
고 응수해, 한바탕 웃음꽃을 피웠었다.
이때부터 나도 한패 되어 희귀철쭉 수집에 나섰다.
때론 낯선 집에 들어가 한 가지를 얻어오기도 했다.
이렇게 몇 년 지나니 철쭉식구가 엄청 늘어났다.

뿌리도 없이 모래에 심어진 철쭉은 매일 물을 얻어
먹으며 30여 일이 지나 뿌리를 내린다. 그러면 작은
화분에 심어지고 3년 지나 본 화분에 옮겨진다.
철쭉은 우리부부의 정성어린 보살핌으로 무럭무럭
자라지만, 아기철쭉 때나 커서도 간혹 죽는다.
그럴 때면 애완동물을 잃은 것처럼 안타깝다.

아내는 서툴지만 철쭉수형을 잡는다.
공원의 원형이나 층계모양을 흉내 내어 키우고 있다.
그런대로 꽃이 만개되면 보기가 매우 좋다.
그렇지만 철쭉 이름이 없는 것이 안타까웠다.
해서, 꽃모양이나 특징을 보고 이름을 붙여 부른다.

우리 집의 철쭉 시조이며 서울에서 시집와 15년을
함께 살아온 녀석은 '무궁화철쭉'이다.
꽃송이가 일반 철쭉의 두 배정도나 더 크다. 수술이
붙어있는 꽃봉오리 속이 적색을 머금은 연분홍이지만
가장자리로 나오면서 점진적으로 흰색이 많아진다.
재래종 무궁화 색깔을 쏙 빼닮아서 붙여진 이름이다.

'목화철쭉'도 있다. 겹으로 된 순백색의 꽃봉오리가
몽실몽실 피어오를 때면 목화를 떠올리게 한다.
한 송이 한 송이 매달린 꽃대도 다른 철쭉의 꽃대
보다 길기 때문에 목화 줄기와 흡사하다.
휘영청 달 밝은 밤에 이 꽃을 보고 있노라면 목화밭
속을 산책하는 착각에 빠지곤 한다.
이밖에도 빨갛게 불타오르는 '카네이션철쭉'
세 겹 분홍빛으로 피어오르는 '장미철쭉',
눈이 부시도록 하얀 '백합철쭉',
개나리 꽃모양의 '개나리철쭉' 등이 있다.

각양각색 철쭉을 보고 있노라면 무아지경이 된다.
이렇게 철쭉과의 대화 속에 10년을 살아왔다.
친구 집에 기막힌 철쭉들이 많다고 가보자고 했다.
꽃을 좋아하는 취향까지 이제 부부는 닮아가나 보다.

한 걸음에 그 집을 방문했다.
화분대에 잘 정돈된 100여 분의 형형색색 철쭉꽃.
참으로 환상적이고 기가 막혔다.
어느 곳에서도 보지 못했던 희귀한 품종이 많았다.
오묘하면서도 다양한 색상은 신비로움 자체였다.
일반적으로 늦게 개화되는 종이기에 연초록 새순
사이로 수줍어하는 자태는 앙증스러웠다.
뿐만이 아니라, 한 그루 한 가지마다 철사로 감고
휘어서 수형을 여러 가지 모양으로 잡아 놨다.
한마디로 철쭉 분제 작품이었다.

우물 안 개구리 식 철쭉재배가 우스꽝스러웠다.
이들 철쭉은 일본에서 개발되어온 신품종이다.
철쭉 전문 분재원을 거쳐 고가로 매입된 작품이다.
꺾꽂이 아마추어 멋스러움과 비교는 안 되겠지.

그 뒤로 친구 따라 철쭉 분재원을 방문 했다.
수십 종의 철쭉꽃은 장관을 이루며 넋을 빼앗았다.
참새가 방앗간을 그냥 못 지나가듯이 집에 없는
품종으로 20여 종을 구입해 왔다.
1.2층은 물론이고 옥상까지 철쭉 밭이 되었다.
대식구를 거느리게 된 우리부부는 더욱 즐거워졌다.

은갈치 낚시

몇 년 전부터 마음먹었던 거문도 은갈치 낚시 체험

을 지난 8월 하순에 실행할 기회를 가졌다.

나들이 가는 어린이만큼이나 기쁜 마음 끝이 없었다.

두 사람이 승용차를 몰아 여수에 도착하니 오후 3시.

예약한 낚시 집을 찾아들었다.

서울, 전주, 대전, 안양 등에서도 낚시꾼들이 벌써

와서 채비를 갖추고 있었다.

오후 4시경에 여수항을 떠났다.

낚시꾼은 18명, 선원은 3명이 승선했다.

40여개 유인도와 150여개 무인도로 이루어진 여천

열도를 이리저리 맴돌아 거문도를 향해 나아갔다.

0.5m 내외의 파도는 잔잔한 호수요, 그 위를 미끄

러지는 배는 제비가 되었다.

2시간을 달리고 나니 거문도마저 뒤로 하고 백도를

향해 30분을 더 항진 하다가 멈췄다.

저녁식사를 하는 사이에 선원들은 배를 정박시킨다.

닻을 내려 배를 고정시키는 것이 아니고, 100m가량
되는 추 달린 그물 천을 반원으로 펼쳐 넣는다.
활모양의 천 구멍사이로 바닷물이 통과 되면서 배는
아주 천천히 움직이게 된다고 한다.
그들은 서너 번이나 시도해 겨우 배를 안정시켰다.

선원들은 잽싸게 낚시꾼들 개인지도에 나섰다.
낚시 먹이인 꽁치를 썰고 낚시에 끼우는 방법, 전동
릴 사용법과 일곱 개의 낚시를 던져 넣은 방법.
갈치 입질하였을 때 챔 질과 올리는 방법 등이었다.

어두워지고 멀고 가까운 곳 낚싯배들이 전등을 켠다.
수십 척서 발산되는 전등불이 밤바다를 훤히 비춘다.
꾼들이 손맛을 보기위해 서둘러 100그램짜리의 추를
바다에 던진다. 낚시가 줄줄이 따라 들어간다.
얼마쯤 시간이 흘러간다.
배 이곳저곳에서 함성이 터진다.
은 갈치가 바닷물을 가르며 기다란 몸통을 백열등에
들어내면서 지느러미를 바르르 떤다.
구경하는 사이에 내 낚싯대도 입질이 왔다.
애먹으면서 올린 갈치는 세치급, 네치급 두 마리다.
은갈치는 폭만 따져 세치(6cm), 네치, 다섯치로 센다.

수심 50m 챔 질 촉감을 전동 릴이 빼앗아 간다.
하지만, 휘는 낚싯대 모양은 홍이 절로난다.
마지막으로 낚싯대를 세우고 은갈치를 손으로 잡아
올릴 때의 스릴은 기가 막혔다.

기다림 속에서 시간흐름을 참고 견디는 인생 삶.
그것을 깨우치며 자신과 싸움하는 연습이 낚시다.
그러기에 인생을 낚는 것이 낚시의 근본이라면,
비 낚시인들은 무엇이라고 평할까?

어느새 동쪽하늘이 희미하게 밝아온다.
열두 마리를 잡았다. 많게는 스무 마리 이상도 잡고,
적게는 다섯 마리에 만족하는 사람도 있었다.
바다는 낚시인들의 양어장이다.
오늘 적게 잡았으면 다음에 많이 잡으면 된다.
참 낚시인들은 고기 숫자에 연연하지 않는다.
낚시의 손맛과 건강하고 보람된 하루에 만족한다.

집에 오니 아내가 조과를 묻는다.
경비의 절반은 고기 값, 나머지는 구경 값 이라했다.
두 사람은 난생 처음으로 은 갈치 회를 맛보았다.
아내는 기회나면 한 번 더 체험해 보라고 권한다.

달 속에 내가 있다

오곡백과가 익어가는 중추절이다.
올해는 결실의 멋스러움이 늦어지고 있다.
날씨가 30도 웃돌아 여름을 방불케 하는 한가위였다.
하지만, 중천에 뜬 달은 어느 때보다도 맑고 밝았다.
둥근 달은 나를 집에서 끌어내어 공원으로 안내했다.
어느 한 구석도 부족함 없이 꽉 찬 원 속에 토끼들.
떡방아 절구질 모습이 동심을 일깨워 준다.

어렸을 적 초생달이 생각난다. 해가 서산으로 숨고
나면, 새 색시 눈썹이 서쪽 하늘에 나타난다.
며칠 뒤에 보면 초생달은 어느 짬에 반달이 된다.
그리고 날마다 불어나 둥근 보름달이 된다.
보름달은 작아지면서 어느 땐 가는 없어져버린다.

달 속에 내 인생을 셈해본다.
달이 보이지 않을 때는 엄마 뱃속에 잉태된 시기다.
신월(新月)과 함께 우주만물의 한 일원이 되었다.
신월이 초생달로 점점 커지면 나는 유아시절을 거쳐
소년으로 탈바꿈 되었으리라.

초생달이 반달인 상현이 되었을 때 나는 어떠했을까?
20대 초반의 햇병아리 교사 시절이었다.
반달이 보름달로 커져가고 있을 때에는 30대 젊은
교사로서 열성적으로 2세 교육의 봉사자였다.
달님과 견주어 볼 때 부끄러운 삶은 아니었는지?

추석에 뜬 보름달은 달의 일생 중 가장 화려한 빛을
발산한 시기이다. 이 만월은 지상의 모든 구석구석을
비춰 어둠을 몰아내는 등불이다.
이때 4.50대로서 관리직과 전문직으로 활동했다.
오늘 만월처럼 교육현장의 빛이 되었을까?
그리고 국가와 사회발전에 이바지 하였을까?
한 점의 티도 없는 밝은 달을 쳐다보면 부끄럽다.
더욱 만족스러운 퇴임이었으면 좋았을 텐데.

중추절 밝은 저 보름달 시기는 지났다.
초생달 시절에
반달이 되고 보름 달로 활짝 웃다가 삭이 되는
달의 법칙을 알았더라면,
좀 더 값진 삶을 살 수 있었을 텐데.
이제 하현달을 살고 있다. 그 뜻을 되새김질 하며
하루 생활을 후회 없이 살도록 노력하리라.

대한민국 최남단 마라도

우리나라 관광 1번지 제주도를 모르는 이는 없고,
한두 번 가보지 않은 사람도 없을 것이다.
책과 이야기로 귀에 못이 박힌 동경의 섬 제주도.
꿈에 그리던 그곳을 처음 찾은 것은 1960년 여름
고등학교 수학여행 때였다.
스무 살까지 경험해 보지 못했던 신비스런 곳이었다.
파란 바다와 끝이 없는 수평선은 물론이고, 울창한
숲과 나무, 돌덩이가 그랬고. 알아들을 수 없는 방언
이 그랬었다. 뿐만이 아니라 속살까지 드러내고 춤을
추는 바다 속 해초들, 황금빛 귤 밭, 기기묘묘한 석
회 동굴, 인분을 먹고 사는 돼지, 열대식물 등.
이 모든 것들이 나를 이국의 정취 속에 빠뜨렸다.

이러한 깊은 인상 때문이었을까?
지금까지 5년 주기로 여덟 번 제주도를 방문했다.
그때마다 몰라보게 변한 제주도의 모습.
항상 놀라움을 금할 길이 없었다.
늘어나는 빌딩숲. 자연숲이 줄어들어 안타깝지만
관광지 발전 모습이겠지 하니 마음이 편해졌다.

아홉 번째의 제주도 탐방은 마라도를 목적으로 했다.
서귀포 남쪽 끝없는 수평선 위에 떠있는 대한민국
최남단 마라도. 남제주군 대정읍 가파리에 속한다.
제주도 남서쪽에 위치한 송악산으로 달려갔다.
낮은 산이지만 동편 기암절벽과 미풍에 나부끼는 형
형색색의 야생화들이 길손을 반겨준다.

마라도행 여객선에 몸을 싣고 40여분 달리니 오른
편에 가파도가 길게 누어있었다.
1824년부터 사람이 살게 되어 현재 천여 명이란다.
네델란드 선원 핸드릭하멜은 이보다 171년이나 빠른
1653년에 이 섬에 표류하였으니 어쩜 가파도의 시조
는 하멜이 아닐는지?
그는 후에 고국으로 돌아가서 하멜표류기를 썼는데,
가파도를 퀄파트(quel part) 로 소개하였다고 한다,
서양에 소개된 우리나라 최초의 섬으로서 무인도였
지만 인명을 구한 명승지로 영광을 간직하고 있다.
평화롭게 졸고 있는 가파도가 더욱 정겨워 보였다.

가파도 꿈을 40분 꾸고 나니 마라도에 도착했다.
북위 33도 6분, 동경 126도 11분에 위치한 마라도는
한반도 남쪽 끝이자, 역으로 보면 출발점이다.

이러한 마라도 보다 훨씬 북쪽에 자리한 독도를 자기
네 땅 이라고 우기는 일본의 속셈은 무엇일까?
그것도 근대에 와서 1952년부터 망발을 늘어놓고 있
으니 분통이 터질 노릇이다.
얕잡아 보는 처사일까? 백주 도둑놈의 심보일까?
섬을 여행할 때마다 독도가 떠오르고 일본의 억지가
회상되어지니 안타깝기 그지없다.

마라도에는 나무 한 그루 없고 잔디만 덮여있다.
면적 약 0.3제곱킬로미터, 9천 평가량이다.
원래는 산림이 울창했었다는 전설을 믿기 어려웠다.
제주도에서는 바람 한 점 없는 날에도 이곳은 산책
하는 사람들이 몸 중심을 잡기가 힘들다고 한다.
뿐만 아니라, 화산폭발로 이루어진 섬은 작다보니
흙이 없어 나무들이 뿌리를 내릴 수 없다.

걸어서 1시간 30분이면 섬 전체를 돌아 볼 수 있다.
하지만, 모두다 2.4인용 전동차를 빌려 탄다.
아내와 함께 타고 운전하면서 섬을 돌아 구경하였다.
세계해도에 표시되었다는 유인등대와 마을, 성당, 절,
기암괴석 등을 살펴보았다.
세찬바람이 우리부부의 데이트를 훼방 놓는다.

섬 북단에 세워진 ‘대한민국최남단마라도’ 라는 표지석
앞에서 기념 촬영을 했다.
그리고 북쪽 한라산을 향해 소리쳤다
‘한라산아! 이곳이 너보다 더 남쪽에 위치한 우리나라
국토 맨 끝이란다. 백록담에 올랐을 때 보다 더욱 감
회가 크니 미안하구나,
한라산은 말없이 미소만 짓는다.

선착장 좌판에 놓인 김, 미역, 해산물이 눈길을 끌어
관광객들이 부산스럽다.
포장마차에서 소라, 전복, 부침에 좁쌀막걸리 한 사
발을 먹는다. 태평양 파도가 잔물결 되어 아롱거린다.
그 수평선 너머로 해가 잠자러 가려고 숨는다.

컴퓨터 스승 손녀 손자

퇴임한지도 어언 5년이 지나가고 있다.
그간 손녀손자에게 배우며 생활하는 재미가 꿀맛이다.
내일모래 고희를 바라보지만 새로운 것을 깨우치고
나면 기쁨이 충만 되어 진다. 성취감 때문일까?

퇴임을 하자마자 가장 난감한 일은 문인협회나 동인
회로 원고를 보내는 일이었다.
학교 재직할 때는 육필원고를 남에게 부탁하면 순식
간에 컴퓨터로 송부해 주곤 했었다.
궁하면 통한다고 퇴임 후에는 현직 동료에게 원고를
우송하고 그걸 컴퓨터로 보내주라고 했었다.
하지만, 그것도 한두 번, 항상 부담 줄 수는 없었다.

그래서 6학년인 손녀에게 컴퓨터를 배우기로 했다.
기본적인 기능을 손녀에게 배워 기록해둔 메모장이
다 닳도록 뒤적이면서 컴퓨터 치기는 계속되어졌다.
독수리타법으로 한자두자 문장을 만들고, 수필 한편
은 몇 날이 걸렸다. 그래도 마음은 뿌듯했다.
손녀가 다음에는 인터넷을 가르쳐 주었다.

이메일 아이디어와 비밀번호를 만들어 주었다.
편지를 보내고 받는 방법을 숙달시켜주었다.
인터넷을 검색하는 기법도 익혀 주었다.
이제는 컴퓨터에 앉아 무료한 시간을 유익하게 보낼
수 있으니, 이모든 것들이 손녀스승 덕분이리라.
손녀가 중학생이 되면서부터는 컴퓨터스승은 초등학
생인 손자로 바뀌었다.
녀석이 매일 방과 후에는 집에 와서 컴퓨터숙제를
하면서, 막혔던 부분을 시원하게 가르쳐주곤 하였다.

작년에는 3대 컴퓨터 오락대회에 나갔다.
할아버지, 할머니와 초등학생 손자, 손녀가 한 팀을
이루어 하는 카트라이트게임대회다.
손자에게 10일 이상을 배우고 익혀서 출전했었다.
게임은 일종의 자동차 경주 오락 프로그램이었다.
차를 부딪치지 않고 위험지역에 빠뜨리지 않으면서
결승선에 빨리 들어가는 것이었다.
집중력이 요구됐고 손가락 숙달을 필요로 했다.
손자와 협동이 잘되었던지 광주시 대표로 선발되어
서울에서 개최되는 전국대회에 참가 했었다.
준우승을 해서 상금으로 손자 옷을 사주었다.
숙식과 교통편의를 제공 받으면서, 임진강을 황포

돛배로 유람하고 최전방 초소도 탐방했다.
1박2일의 특별체험 나들이가 손자스승 덕분 이었다.
컴퓨터오락게임은 스릴이 넘치고 매력적이었다.
피로해소에 도움이 되지만 중독성을 조심해야되겠다.

손녀 손자에게 배우며 사용하는 것은 컴퓨터뿐만이
아니다. 핸드폰도, 앰피쓰리도 그들 도움을 받아야
만 한다.

평생 동안 가르치는 것을 업으로 삼았었다.
하지만, 요즈음 전자제품들에 대해서는 문맹이다.
그래 손녀 손자를 스승 삼아 배우며 살아가고 있다.
인간사 그야말로 새옹지마가 아닐까?
인생살이 한 마당 멋스런 연극이려니!

빛고을 무등

무등산 물을 먹고 산지 어언 25년. 강산이 두 번 변했을 것 같은데 비슷하기만 하다.

빛고을 무등은 전라남도 중앙에서 북쪽으로 약간 치우쳐진 곳이다. 동, 북쪽의 산간지역과 서, 남쪽 평야지대의 경계중앙에 위치하고 있다.

지리적으로 행정, 군사, 교육의 중심지가 될 수밖에.

빛고을 이름은 역사만큼이나 변화무쌍하다. 삼한시대는 마한에 속했다가 백제 건국 때 무진주(BC18)라는 지명을 얻었다.

통일신라, 고려, 이조를 거치며 여러 이름으로 바뀌어졌다. 통일신라 때는 무주(757), 고려 때는 광주(940). 해양현(966), 기양주(1259), 무주(1275), 화평부(1310), 무진부(1362), 광주목(1373).

조선시대에는 무진군(1430), 광주목(1501), 광산현(1624), 광주목(1634), 광주군(1895)으로 개명되었고, 13도로 편제되면서 전라남도 도청 소재지(1896). 그 뒤로 광주읍(1931), 광주부(1935), 광주시(1949), 광주직할시(1986)를 거쳐 광주광역시(1995)가 되었다.

이를 근거로 보면 지명이 19번이나 바뀌었다.

광주가 열 번이고 무진은 세 번이며, 무주는 두 번

이고 해양, 기양, 화평 광산은 한 번씩이다.

그러므로 광주는 빛의 상징성을 오래전부터 간직했다.

1070년 전인 940년부터 광주라고 했고, 그 뒤로 아홉

번이나 그 지명을 명명해 오늘에 이르렀다.

조상들의 예지력에 감탄을 금할 길 없다.

광주는 지리적으로 일조량이 전국 평균보다 21%나

많다고 한다.

과학발달이 미흡할 때 선조들은 어떻게 알았을까?

빛은 물체를 볼 수 있게 하는 일종의 전자기파로서

태양이나 고온의 물질에서 발하는 광(光)을 말한다.

일반적으로 빛 하면 태양을 연상하게 된다.

태양은 만물을 있게 하는 근원이다.

생물을 탄생케 하고 성장시켜 소멸에 이르기까지 돌

봐준다.

해서, 예로부터 인간은 태양을 우러러 숭상했을까?

노여움을 사지 않으려고 백방으로 노력해 왔다.

지금도 태양은 인간의 희망이며 등불일 수밖에 없다.

빛의 특성은 직진이다.

경계면에서 반사를 하지만 또다시 직진한다.
직진은 곧게 나아간다는 것이다.
그래서 광주시민들의 성품은 일반적으로 불의를 보
면 참지 못하는 것일까?

해발 1,180m의 무등산 정상에 올라본다.
동, 북쪽으로는 작은 구릉이 파도처럼 흘러내리고,
서, 남쪽으로는 작은 구릉도 없는 모습이다.
해서, 무등(無等)이라고 했을까?
등급이 없으면 계급이 없고 계급이 없으면 사람들은
평등하다는 뜻이다.

사회생활에서 지위는 있다. 하지만, 그것은 생활의
방편일 따름이다.
사람됨의 동질성이 무시되지 않음이 평등사회다.
무등 속에는 정의(正義)로움이 내재해 있어야 한다.
옳고 바르고 떳떳함이 평등사회의 행동강령이다.
무등산 물을 먹고 성장한 광주시민들이기에 항상
불의에 항거하는 역사 속에 살아오고 있는 것일까?

무등 품에 태어나고 빛 속에 성장한 광주인.
예로부터 지혜롭고 슬기로운 역사를 이끌어 왔다.

이제 광주학생항일운동과 광주민주화운동을 계승
발전 시켜야할 책무를 항상 잊어서는 안 될 것이다.

빛고을 광주는 이제 아시아의 울을 넘고 있다.
광산업 중심지로서 광액스포와 빛축제도 개최한다.
세계적 빛의 도시인 리옹, 글래스고, 모스크바,
오사카 보다 더욱 발전되기를 기원해 본다.

천부경과 백두산 족

유달리도 무더위가 기승을 부리는 8월 중순이다.
네 명의 죽마고우가 만나 밤새워 정담을 나눈다.
한 친구가 우리 역사는 단군으로부터가 아니란다.
단군 이전의 반만년 역사가 또 있단다.
해서. 중국 문화도 우리의 전통문화에서 형성된
것으로 본다는 주장이 있다는 것이다.

말도 안 되는 소리를 하지 말라고 했더니, 자기가
읽은 책이름을 적어준다.
시내 서점을 몇 군데 들러봤지만 눈에 띄지 않았다.
8월 하순경 고속터미널 서점에서 그 책을 찾았다.
한권 있어서 부르는 데로 거금주고 덥석 사들었다.

'천부경(天符經)의 비밀과 백두산족 문화' (권태훈
구술 및 감수/안기석 연구/정재승 엮음 1989.7)
책이름이 길기도 하고 분량도 455쪽이나 되었다.
한 달 동안 읽었지만 장님 코끼리 만지기다.
책을 엮은이는 서문에서 권태훈의 '백두산족에게
고함'(1989.2)을 서술한 것이라고 밝히고 있다.

제1부는 천부경의 비밀이었다.

천부경은 민족의 시조 대황조(大皇祖)가 전해준 우주의 운행원리라고 한다. 81자의 경(經)인데, 약 1만년의 역사를 간직하고 있는 것이란다.

단군이 고조선을 세웠고, 반만년이 되었다는 것으로 각인된 역사의식이 혼란스러웠지만, 끝가지 읽어보고 싶은 호기심은 더욱 충만 되어졌다.

천부경은 아홉 장으로 그 유래와 맥, 홍익인간, 81자 경원문과 뜻풀이, 수리적 공식, 동양사상의 원천, 천부의 문을 여는 열쇠 등으로 구분 되어져 있었다. 원문과 수리적 공식 열쇠는 도저히 이해를 못했다.

제2부에서는 백두산 족 문화를 천문, 지리, 의학, 체술, 정신 수련법으로 구분하여 기술하고 있다.

칠십 평생 처음 읽어 보는 내용들이라 어려웠다. 책 내용이 난해하고 특히 천부경 도해는 아무리 집중을 해도 하나도 알 수가 없었다. 하지만, 이 책을 통해서 몇 가지 의문점을 가져본다.

＊우리 겨레의 첫 조상은 정말로 단군 이전의 대 황조 한배검이며, 만년 이상 역사를 간직하고 있는 것일까?

＊우리 민족은 인류 최초의 동방문명을 건설한 백두산 문화권 주역이었고, 그것을 중국. 일본에 전파했을까?

＊중국문명의 핵심이 되는 한자문화와 역리(易理)의 기원은 우리 겨레의 천부경 사상이 맞는 것일까?

＊참말로 천부경이 우리 백두산 족의 뿌리요 얼이요 인류의 정신철학으로서 홍익인간 이념이 되었을까?

＊홍익인간이념에 내재된 사해평등 인류평화가 실현 되어 우리 민족은 그 주역이 될 것인가?

구십 평생 백두산족 천부경에 함몰된 봉우 권 태훈. 그의 사상을 연구 발전시켜 책으로 엮어 낸 분들께 박수를 보낸다. 하지만, 더욱 쉽게 일반화되고 보편 화 되었으면 하는 마음 간절하다.

피라미드 미팅(1)

이집트 피라미드와 스핑크스는 초등학교 책에서 배울
때부터 엄청 동경하였던 곳이다.
칠순이 되어 그들을 만나러 떠나는 길은 어린시절 그
꿈. 그 설레임 그대로였다.

2010년 8월 21일 15시 40분!
인천공항을 이륙한 KAL기는 순식간에 지상12,000m,
시속 950km로 두바이를 향해 창공을 가른다.
한 마리 새가되어 창밖 산과 바다에 넋을 빼앗긴다.

두 시간가량 지나 눈으로 덮인 산골짜기가 나타난다.
철탑처럼 뾰쪽 솟은 봉우리들이 석양에 물들고 있다.
뭉게구름 새털구름이 아름다운경치를 감추었다가
순간 순간 토해낸다.
지구의 지붕 히말라야 산맥을 횡단하는 중이었다.

자정이 넘어서야 아랍에미리트연방 7개 토후국 중의
하나인 인구 약 120만인 두바이에 도착하였다.
연방 유일의 중계무역지로 중동 뉴욕이라고 불린다.

2010년 1월 세계서 가장 높은 162층 823m의 '부르
즈칼라파' 빌딩을 개장. 세계인들을 깜짝 놀라게 했다.
언제 또 지구에 더 높은 빌딩이 솟아오를지?
인간의 도전은 무한이기에 100년 후를 기대해본다.

단잠을 청하기는커녕 비행기를 갈아타고 이집트 룩소
르로 향했다. 다음날 새벽 5시 목적지에 도착하였다.
숙소에 들려 3시간 눈을 붙였다가 관광에 나섰다.

'룩소르'는 현재의 이름이고 고대 도시명은 '테배'이다.
이집트의 고대왕국 BC2575년부터 신왕국 BC1075년
까지 약 1500년간 수도였던 곳이란다.
찬란했던 기원전 유물이 지금도 지천으로 널려있어
노천박물관이라고도 한다.
현재 인구 14만이지만, 전성기는 100만 명이 넘었다.

동쪽지역은 지금도 사람이 많이 살고, 유적지로서 카
르나크. 룩소르 신전, 랍세르 석상 등 유물이 많다.
세계 유일의 최다 탑문 100여개도 있다.
서쪽지역은 나무 한그루, 풀 한포기 없는 불그스레한
사막 지형의 민둥산으로, 죽은 왕들에게 예배할 때
쓸 물건을 두는 장제전과 동굴무덤 유적지가 많았다.

왕가 계곡은 서안지역의 황량한 바위산 계곡을 30분
이상 맴돌아 들어가 주차하고, 또 미니열차를 10분
갈아 타고 올라가 20분 이상 걸어야만 만날 수 있었다.
3,000년이 훨씬 넘는 세월이 흘러 지구반대편에서
찾아올 줄을 파라오들은 알고 무덤을 지었을까?

도굴을 막아 영원하기를 희구하여 왕들은 살아서 이
험악한 계곡에 동굴을 파고 치장해 무덤을 만들었다.
그리고 동굴비밀을 위해 장인들은 주검이 되었다.
파라오들이기에 파렴치 했을까?
이곳에는 62개의 왕 무덤이 존재하는데 모두다 도굴
에 시달림을 당했다고 한다.

자연법칙에 영원불멸은 없는 법. 그들은 왜 몰랐을까?
하기야, 요즈음도 자연의 순리를 아는지 모르는지 파
렴치한들이 많은 세상이 아니던가?
개방된 동굴로 안내되어 들어갔다.
내부 벽화에 새겨진 그림이나 조각들의 색깔이 또렷
하여 수천 년 전의 뛰어난 솜씨가 가슴으로 전이된다.

핫셉슈트 장제전은 왕가계곡 같은 산 반대쪽에 있었다.
여왕 핫셉슈트(BC1473—1458) 장례를 위한 신전이다.

석회암 절벽을 이용해 2층 아파트모양으로 건축했다.

외형이 장관이다. 내부에는 수염붙인 여왕조각상, 농

경의 신 황소, 향신료 무역모습, 새 영토 개척도, 공

물 받친 모습 등. 약 3500년이 지났건만 선명하다.

장제전은 고대이집트에서 죽은 왕들을 예배하고 그

들에게 바칠 물건과 음식을 저장하던 곳이다.

그런데 이 장제전은 규모가 상상을 초월하고 있었다.

카르나크신전은 국가 최고신인 아멘라 태양신을 기리

기위해서 건축된 것이다. BC 1990년부터 천년 걸쳐

완공 되었다고 하는데, 그 규모가 어마어마하다.

모래 밑에 묻혀있던 것을 1895년에 발굴하기 시작해

서 현재 10퍼센트 정도 발굴했다고 한다.

이것을 여행객들은 관람하는 것이란다.

대신전 안에는 몇 개의 또 다른 신전이 있고, 기둥이

134개나 되어 산책의 공간을 마련해 주고 있었다.

룩소르신전은 테배 3위신(아문, 아내, 아들)을 위한

신전인데 BC 1408년에 건축 되었다.

도시 한복판에 우뚝서있었다.

16m 높이의 웅장한 14개의 기둥이 늘어선 주랑은

룩소르신전의 뛰어난 구조물이라고 한다.

피라미드와 스핑크스 미팅은 순탄치 않았다.
룩소르서 이집트를 가려면 같은 나라지만 비행기를
이용할 수밖에 없었다. 18년째 군부 계엄령이므로
육로는 봉쇄되어져 있었다.
비행기 출발시간이 훨씬 넘었건만 안내방송이 없다.
공무원들이 엉망이지만 국민들(이슬람교 90%)은 무
감각이란다. 엎친 데 덮친다더니 아마단 축제 기간
이다. 모든 일은 종교의식 다음으로 미루어진다.
이집트에 왔으니 이집트 법을 따를 수밖에 없었다.

공항 대합실에 전통의상 차림의 남자1명과 여자2명,
그리고 아이들 6명이 함께 있었다. 가이드 설명에
의하면 한 가족이란다. 이슬람교는 교세 확장을 위
해 일부다처제를 권하기 때문에 남자의 능력에 따
라 몇 명의 여자를 거느릴 수 있다고 한다.

아마단기간(이슬람교 낮 금식 1개월) 이어서 인지
전통의상 차림이 많았다.
눈만 내놓고 머리부터 발까지 검정 천으로 치장했다.
어쩐지 친근감이 가지 않고 답답한 느낌이 들었다.
이슬람성지 동쪽을 향해 하루에 다섯 번씩 절하는
모습이 이채로웠다.

피라미드 미팅(2)

룩소르 공항에서 3시간 기다렸다가 비행기가 떴다.
새벽에 이집트 수도 카이로에 도착했다.
희랍어로 승리한 자를 뜻하는 카이로는 지리적으로
아시아, 유럽, 아프리카의 교차점이다.
1350여 년 전에 건설되어져 지금까지 정치, 군사,
무역, 문화의 중심지로서 그 역할을 다해 오고 있다.

카이로는 아프리카에서 가장 큰 도시(약 800만)이다.
수도권 인구 1,700만의 심장부로서 올드카이로와 신
카이로로 나누어지고 있다.
올드카이로에는 아기에수피난교회, 5개 곱트교회, 모
세기념교회 등이 있어 순례자 발길이 끊이질 않는다.
또한, 고고학 박물관이 있어 순수 여행객들도 붐빈다.
휴일로 관람 할 수 없어 아쉬움을 곰삭히며 지나쳤다.

이집트여행 끝 날 드디어 피라미드 입맞춤을 하였다.
나일 강 서쪽 피라미드 광장으로 버스가 나아갔다.
버스에서 내리기가 바쁘게 피라미드로 달려가는 발길
은 섭씨 40도의 무더위도 아랑곳 하지 않았다.

눈으로 흘러드는 땀방울을 훔쳐내면서 쿠푸왕 피라
미드 앞에 섰다. 말 그대로 장관이었다.
정사각뿔 밑변 230m, 높이 약150m, 2.5톤짜리 석
재 230만개 이상이 쌓여 졌다고 한다.
10만여 명이 교대로 20년에 걸려 만들었다고 한다.
이집트 건축 7개 불가사의 중 하나로 세계 관광객
발길이 끊이질 않는다. 우리나라 사람들도 많았다.

피라미드는 BC 2600 ~ BC 250년경에 축성되었단다.
고대문명권인 이집트, 메소포타미아, 멕시코, 등에서
국왕, 왕비, 왕족의 무덤 형식으로 축조되었다.
파라오들이 제위하면서부터 제작하기 시작한 것도
많았었다고 하니 놀라웠다.
국력, 신분에 따라 그 규모가 각기 달랐지만 죽어서
도 영원히 산다는 생각은 동서 공통이었다.

이집트 피라미드는 80기가 확인 되어졌다.
현재 쿠푸왕, 아들, 손자 3개만 완전 하게 보존되고,
나머지는 초원에 산재해 있는데 훼손이 극심하다.
국가 경제력이 약해 복원도 못하고 있다.
4~5천 년 전의 소중한 유물들이 나그네의 발길에
채어 이리 구르고 저리 구르니 가슴만 미어진다.

쿠푸왕 피라미드 동편에 개방된 피라미드가 있었다.
관광객들이 꼬리를 물고 들고 난다.
어느 후궁의 피라미드였다는데 규모가 작은 편이다.
우리 일행들도 차례가 되어 들어갔다.
지하도를 내려가니 관 놓았던 석실만 을씨년스럽다.
유물을 보니 욕심 많은 초로인생들 흔적이 안타깝다.

세 개의 피라미드 동편 약 500m 지점에는, 고대 오
리엔트 신화에 나오는 괴물의 상으로 사람의 머리와
사자가 한 몸을 이루는 스핑크스가 있었다.
무덤 안위를 지키며 권력을 상징하는 조형물이다.
내 눈엔 포근히 웃음 짓는 큰 바위 얼굴 같았다.
한 번 만져보고 싶었지만 접근할 수가 없었다.
그에게 함박웃음을 보내면서 발길을 돌렸다.

유구한 역사 속에 찬란한 문화유산을 남겼지만, 연
1천5백 불 저소득에 허리를 졸라매고 있다.
1,000년 이상의 다른 나라 지배 때문일까?
아니면, 지구의 온난화로 인한 자연현상 때문일까?

이집트의 현실적 빈곤을 저 푸른 나일 강은 아는지?
모르는지? 오늘도 유유히 흘러만 가고 있다.

파르테논 신전 입맞춤(1)

아프리카 동북단 이집트 카이로에서 발칸반도의 최
남단 그리스 아테네를 향하였다.
하루 종일 창공을 가르며 검푸른 지중해를 내려다
보게 된 것은 큰 행운 이었다.

BC500년경부터 AD500년 까지 약 1000년간 유럽
문화의 발생지가 되었던 동경의 나라 그리스.
아테네를 찾는 마음도 몸도 하늘을 날고 있었다.

그리스문화는 신화에서 꽃피워 졌다고 말하는 이가
많다. 해서, 신화를 상기해 보지 않을 수가 없다,
기원전 8세기에 서사시인 헤시오도스가 쓴 신통기
(神統記)를 그리스 신화의 모태로 보고 있다.
순수한 창작품 이라기보다는 고대 그리스 여러 민
족의 전설을 집대성 했던 것으로 추정하고 있다.
신통기에 따르면 천지생성 때 세 가지 신이 있었다.
무한 공간을 다스리는 카오스.
대지를 주관하는 가이아.
인간관계 사랑을 정립해 주는 에로스였다.

카오스는 어둠의 엘레보스와 밤의 니크스, 그리고 낮의 헤메라를 얻었다.

가이아에게는 천공의 우나소스와 태양의 폰토스가 있었고, 그들 사이에서 5명의 남신 티탄과 6명의 여신 타니스가 생겼다.

이 티탄 일족의 신이 인간의 조상이 되었다고 한다.

올림푸스 신화에 의하면 티탄 가운데 가장 힘이 세고 어린 크로노스가 전 세계를 지배하였다.

그는 왕권을 유지하려고 자식을 낳으면 삼켜 버렸다.

이에 그의 아내 래아는 다음 아들을 낳았을 때, 남편에게 아기 대신 돌을 삼키게 하였다.

구사일생으로 성장한 제우스가 왕위에 오르자 아버지가 삼킨 두 형을 토해내게 하였다.

셋은 제비를 뽑아 제우스는 천공을, 포세이돈은 바다를, 히데스는 저승을 담당 하였단다.

최종적으로 완성된 올림푸스 12신은 우주를 담당하는 제우스. 제우스의 처이고 누이며 여신의 최고인 헤라.

지혜와 싸움의 여신인 아테네. 아름다움과 사랑의 여신 아프로디테. 사냥과 출산의 여신 아르테미스. 곡물을 성숙시키는 여신 테메테르, 화롯불을 주관하는 여

신 헤스티아. 태양신이고 음악 궁술 예언을 담당한
남신 아폴로. 나그네의 수호신이고 전령인 남신 헤르
메스. 화산과 대장간을 담당한 남신 헤파이스토스.
군을 통솔하는 남신 아레스. 포도주를 담당하는 디오
니소스. 이러한 신들 가운데 남신은 제우스의 아들들
이고, 여신은 제우스의 자매나 딸이라고 한다.

이와 같은 흥미진진한 그리스 신화를 곱씹어보면, 고
대 그리스는 분권사상이 철두철미했다고 볼 수 있다.
우주 생성에서는 신이 세 명이 등장되었다.
각각의 임무가 천(天), 지(地), 인(人)으로 달랐다.
이는 권력 분산을 의미한다.
또한, 올림푸스 신화도 한 가지의 절대 신이 아니다.
비록 가족 중심의 지배 구조였으나 12가지 신으로
나누어져 있었던 것을 알 수 있다.
이러한 신화에서 우리는 민주주의 꽃이 피어난 뿌리
를 찾아볼 수 있을 것이다.

기원전 5세기초에 도시국가들은 의회정치를 실천했다.
도시국가마다 개혁된 민주주의 특색은 대동소이 했다.
국정 최고의 결정권은 민회 즉 시민 총회였고, 의사
결정은 성년 남자의 거수에 의한 다수결이었다.

총회에 회부되는 모든 의안은 500명 정도로 구성된
평의회에서 엄격한 예심을 거쳤다고 한다.
평의회 의원은 매년 시민 지원자 중에서 추첨에 의
해 선출 되었던 것이다.
되짚어 볼수록 민주적인 의회정치가 일찍 실행됨에
놀라지 않을 수가 없다.

하지만, 2,000여 년이 훨씬 지난 오늘날에도, 그리
스에 인접해 있는 중동지역의 여러 나라나 아프리
카의 국가들이 독재정치에 허우적거리고 있으니,
상반된 인간들 삶의 모습이 안타까울 뿐이다.

파르테논 신전 입맞춤 (2)

다음날은 아침 7시에 에기나 섬 탐방에 올랐다.
그리스는 발칸반도와 2천 넘는 섬으로 이루어 졌다.
이러한 지리적 특성 때문이었을까?
그리스 문명 기원은 섬을 무대로 한 에게문명!
해서, 맨 처음 섬을 찾는 것은 뜻깊은 일인 것 같다.

애기나 항구에는 많은 요트가 정박 되어져 있었다.
해안 마을 집마다에는 지중해성 꽃들이 만발했다.
뒤질세라 레몬, 올리브 나무들이 방문객을 반겨준다.
야산에는 짓다 중단된 별장도 가끔 눈에 띄는데, 자
식들이 대를 이어 완성하는 경우가 많단다.

규모가 큼직한 그리스정교회 건물을 방문했다.
내부의 구조나 벽 성화들이 성당과 비슷하다,
하지만, 한쪽에 무덤 비슷한 석조물이 있고 신자들이
찾아와 그 주위를 돌면서 기도하고 입맞춤하는 것이
특이한 모습이었다.
국민의 98%가 그리스 정교를 믿는다고 한다.

항구에서 야산을 넘으니 그림 같은 휴양지였다
점점이 흩어져 있는 섬과 쪽빛 바닷물!
그 속에서 헤엄치는 청소년들이 귀여웠다.
그보다 더 아름다운 것은 나이든 남녀 노인들이었다.
물속에서 산책을 하며 한가롭게 즐기는 모습은 건강
관리의 명품. 이색적인 풍경은 참으로 멋스러웠다.

오후에는 아테네 시내관광을 했다.
이오니아인이 BC 2000년대에 정착 했다고 한다.
BC 10세기~BC 8세기에는 왕정이었으며, 그 후 귀족
정치를 거쳐 BC 5세기에 민주정치를 했었던 도시다.

해발156m의 석회암 언덕에 아테네 시가지가 조성되었다.
동. 북쪽은 자연 절벽이고, 남쪽은 인공 절벽이어서,
서쪽에서만 도시를 들어가고 나올 수 있게 되어있다.
시가지 보호위해서 의도적으로 조성된 것은 아닌지?

이곳 아크로폴리스는 둘로 나누어진다.
고대아테네는 남쪽부터 서쪽에 걸쳐 링 모양으로 펼
쳐졌고, 현대아테네는 동부와 북부 드넓은 벌판이다.
민둥산을 중심으로 빽빽한 전체시가지의 모습은 한
폭의 그림 같았다.

관광버스를 타고 아테네고고학 박물관을 찾았다.
고대그리스의 미술작품을 모아놓은 곳이었다.
여러 가지 모습의 누드조각상이 가득차서 놀라움을
금치 못했다.
대부분 그리스 신들을 모델로 한 조각들이었다.
신이 입는 옷이 없다보니 누드로 표현되었을까?
그때의 작가들 혜안에 절로 머리가 숙여진다.

드넓은 올림픽 경기장에 도착하였다.
기원전 776년부터 4년마다 열리던 경기장이다.
제우스신에게 불경함이 없는 남자들만 출전 했단다.
모든 선수들은 벌거벗은 몸. 여성관전은 금지 됐었다.
서기393년 로마황제가 반기독교적 행사라 규정했다.
그래서 고대올림픽은 1170여년 지속되다가 제293회
대회를 마지막으로 서기396년에 막을 내렸다.

역사 속에 죽은 올림픽은 1500년 만에 살아났다.
1896년 구베르탕이 근대 올림픽을 제창하고, 그리스
대부호 아베로프가 고대경기장을 복원하여 제1회
근대올림픽이 개최 되었다.
올림픽경기장은 마라톤 도착점으로도 유명했다.
그 유래는 다음과 같다.

BC 490년에 페르시아군이 아테네를 공격해 왔다.
5분의1밖에 안 되는 시민군이 오랜 기간의 마라톤
전투 끝에 승리하고, 한 병사가 42.195km를 달려
가 승전보를 알리고 죽었다.
이를 기념해서 올림픽경기의 꽃을 마라톤으로 정
하고 도착지점은 항상 이 경기장이 되었다.

유네스코 문화유산 제1호인 파르테논신전을 향했다.
섭씨 40도를 오르내리는 폭염 속에 언덕으로
오르는 골목길을 30여분 걸었다.
아테네 중앙동산에 위치한 신전이 시야에 들어왔다.
비록 폐허의 신전이지만 기둥 뼈대가 완연하다.
단숨에 달려가 기둥에 입맞춤하며 '오! 파르테논신
전이여' 환호하면서 팔 벌려 안아봤다.
찬 돌이건만 애인을 포옹한 기분은 어인일일까?

시민들이 아테네 수호여신 아테나를 위해 지은 신전.
BC 447년에 기공하여 BC 438년에 완공하였다한다.
도리스식 건축의 걸작이라고 평가되어지고 있다.
신전은 오랜 세월만큼이나 수난도 많았다.
비잔틴제국에선 동방교회가 되고, 십자군점령 때는
카토릭교회가 되었다.

그렇지만, 아름다움은 잃지 않았는데, 1687년 9월
베네치아군의 포격으로 치명적인 손상을 입었다.
그 뒤로 영국이 유물을 반출해 갔다고 한다.
신전은 대리석과 석회석으로 만들어 졌는데, 주성분
인 탄산칼슘이 산성비와 공해로 녹아들고 있단다.
파르테논신전 보호위해 특단의 조치를 취해야겠다.
그리스정부 몫만이 아닌 전 세계의 협력이 필요하리라.

무거운 발걸음을 옮겨 파르테논신전 북쪽에 있는
아고라광장으로 내려왔다.
소크라테스가 문답으로 소피스트들을 깨우쳐 준 곳!
"너 자신을 알라, 너를 들어내라"
그런데 왜 국가에서는 소크라테스를 죽였을까?

이 광장은 디오게네스에게 "무엇을 도와드릴까요?"
라고 묻는 알렉산드로 대왕을 향해 "햇볕을 가리지
말고 비켜주세요" 라고 말한 곳이기도 하다.
디오게네스는 세상에 '진실한사람'이 없다며, 대낮에
등불을 켜들고 다녔다는 구전도 전해지고 있다.

저녁 8시 카페리호에 몸을 싣고 아테네를 뒤로했다.
지중해의 밤바다. 아테네 야경이 아름답고 황홀했다.
다음날 터키로 들어가기 위한 이별이었다.

씨앗의 법칙

곡우절 4월 20일경에 텃밭을 일궜다.
상추, 무 등 채소 씨앗을 뿌렸다.
한 달 전에는 땅콩, 감자도 심었었다.
남의 밭 100평을 우리 부부가 경작한지 7년째, 퇴직
하고 한가로운 시간을 의미 있게 쓰고자 함이었다.
농사 짓다보니 건강에 도움이 되고 재미도 있었다.
그사이 씨 뿌리고 가꾸며 수확의 즐거움을 만끽했다.
그러면서 씨앗의 법칙 몇 가지를 깨닫게 되었다.

씨앗은 먼저 뿌리고 후에 거둔다.
젊었을 때 삶을 회상해 보면 씨앗을 뿌리지 않고 수
확을 꿈꾸는 일이 간혹 있었다.
어떤 일에 막연히 잘될거라고 덤벼드는 때도 있었다.
목적달성의 밑그림도 없이 일을 추진하기도 했다.
씨앗을 놓지 않고 수확하려는 어리석은 농부였다.

씨앗은 뿌리기 전에 기경을 해야 한다.
작년에 땅콩 심을 때의 일이 생각난다.
친구 내외가 땅콩 심을 시기가 늦었지만 심자고했다.

급한 마음에 고구마 캐냈던 이랑에 땅콩을 심었다.
쇠스랑으로 땅을 파기가 귀찮 하기도 했었다.
가을 땅콩 수확이 시원치 못했다.
밭을 일구지도 않고 씨앗을 넣은 것은 도둑 심보.
불노소득을 노리는 것이 도둑 아닌가?

뿌린 씨앗 전부가 열매를 맺은 것은 아니다.
성경에 이런 뜻의 말이 있는 것 같다.
농부가 씨앗을 뿌리면, 더러는 가시덤불이나 풀밭에
떨어지고, 자갈밭, 비옥한 땅, 거친 땅에도 떨어진다.
가시덤불, 풀밭, 자갈밭에 떨어진 씨앗은 새나 들짐
승이 주워 먹거나 말라서 싹이 트지 않는다.
오로지 흙에 떨어져 묻힌 것만이 새싹이 된다.

씨앗은 거짓말을 하지 않는다.
'콩 심는데 콩 나고 팥 심은데 팥 난다.'고 했다.
이 말은 진실의 귀중함을 일깨워 주는 씨앗법칙이다.
콩을 심었는데 팥이 나오겠는가?
아니면, 팥 심었는데 콩이 나오겠는가?
얻고자 하는 꿈이 있다면 그 꿈을 심어야 한다.
이것저것 방황하는 이들에게 경종을 주는 법칙이다.

씨앗은 가꾼 대로 거둔다.
언젠가 쑥갓을 뿌리고 물주기를 하지 않았다.
내일 비가 온다는 일기예보를 믿었던 것이다.
이틀 후에 부랴부랴 물을 주고 돌봐 주었다.
거우 오다가다 하나 둘씩 싹이 돋아 쑥갓을 망쳤다.
처음부터 물주고 싹을 틔워 관리하였다면, 풍성한 수
확 기쁨을 만끽했을 것. 생각하면 웃음이 절로 난다.

모든 채소나 곡식, 과일들은 물주기 뿐만 아니라 시비,
재초, 병충해 구제도 해야 한다.
과하지도 않고 부족하지도 않게 조정을 잘해야 한다.
이러한 모든 과정에 정성은 필수적이었다.
정성이 부족 되면 부족한 만큼 꼭 티가 난다.
어느 정도 만족되면 풍작을 기대해도 좋다.

우리들은 자기가 한 크고 작은 일에 대하여 항상 불
만족스러워 하는 때가 간혹 있다.
그럴 때는 꼭 그 일에 대한 정성을 생각해 봐야한다.
삶의 성공적 월계관은 과정의 노력과 땀의 결과이다.
칠순에 씨앗의 5대 법칙을 더듬어 보면서 안타까운
마음 금할 길 없었다.
젊었을 때 더욱 깨우쳤더라면 얼마나 좋았을까?

신비의 나라 터키 (1)

지중해 3국 이집트 그리스 터키 11일 여행 중 터키
일정은 6일 이었다.
장님 코끼리 만지는 격의 6일간 이었다.
터키는 한마디로 신비의 나라인 것 같다.
위치와 자연이 그렇고 역사와 문화가 그렇다.

동쪽은 소련, 이란, 시리아와 맞닿고, 서쪽은 발칸반도
의 그리스, 불가리아와 접한다.
남쪽은 에개해, 지중해이고 북쪽은 흑해이다.
유럽과 아시아 두 대륙에 걸쳐 6개의 나라와 국경선
을 이루고 있으니 국가 형성 위치가 특이하다.

한반도의 3.5배나 되는 터키는 자연 또한 신비롭다.
중부지방은 해발 1100m가 넘는 산맥으로 이
루어 졌는데, 동쪽으로 갈수록 높아져 최고봉인 해발
5,165m 아라라트 산이 동부지방을 형성하고 있다.
서부, 남부, 북부지방은 해안 평야와 중앙은 고원이다.

이러한 지형의 터키는 기후변화도 무쌍하다.

내륙고원은 건조하며 한서의 차가 심하고, 동북고지
는 여름이 짧고 겨울이 길며, 영하 40도까지 내려가
고 일 년 내내 설산을 볼 수 있다고 한다.
서부, 남부는 지중해성 기후. 북부는 흑해성 기후이다.
여름에는 고온 건조하고 겨울은 온난다우하며, 봄에는
호우가 쏟아진다고 한다.
참으로 신비로운 나라가 아닐 수 없다.

터키는 전 지역에 걸쳐 지진대가 지나고 있단다.
흑해, 마르마라해, 에개해 연안은 제1급 지진대이고,
이스탄불 지방은 제2급 지진대에 속하고 있다.
최근 3년 전에도 이들 지역은 몇 차례 강진이 발생
하여 많은 피해를 입었다고 하니 안타깝다.

이러한 지형과 변화무쌍한 기후는, 세계 어느 곳에
서도 볼 수 없는 자연의 경이로움을 연출해 놓았다.
그 대표적인 것이 카파토키아의 기암괴석과 파묵깔
레(목화의성)라고 말할 수 있다.
카파토키아는 수도 앙카라에서 남쪽으로 300km 가
량 떨어진 곳에 위치하고 있었다.
지역 전체가 세계문화유산으로 등재된 곳이다.
수백만 년 전 활화산이었던 에로에스산(397m)에서

분출된 용암으로 형성되었단다.

오랜 세월을 걸쳐 풍화, 침식 작용을 일으키며 쉽게
깎기는 응회암 지대로 바뀌었다고 한다.

원뿔을 엎어 놓은 것 같은 버섯모양 바위에, 오래전
부터 구멍을 뚫어 거주를 했었다.

입구는 높기 때문에 사다리나 밧줄로 오르내린다.

로마시대 종교 탄압 때는 쉽게 노출 되지 않아 '데
린구유'라 불리는 지하 도시와 함께 기독교인들의
훌륭한 피난처가 되었었다.

오늘날까지도 카파토키아에는 600개가 넘는 암벽교
회가 보존되고 있다. 최고 오래된 것은 7세기경의
것으로 추정하고 있었다.

이곳의 골짜기에는 특이한 암석들이 많다.

우후죽순처럼 솟아 오른 바위가 장미꽃 형상을 하고
있어, 로즈베리라고 부르고 있으며, 동굴이 워낙 넓
어서 맨션이나 레스토랑으로 이용하는 곳도 있었다.

일명 목화의 성이라고 불리는 파묵깔레는 수도 앙카
라에서 남동쪽으로 약 600km에 있다.

섭씨35도 미네랄수가 100m높이서 표면으로 흐른다.

수십 개 수영장을 만들고 넘쳐 절벽으로 낙차 한다.

이때 미네랄수와 석회암이 하얀 종유석으로 변해
파묵칼레, 즉 목화의 성을 연출 시켜 놓았다.
이로 인해 고대 온천도시가 건설 되었으며, 지금도
2~5세기 때의 대목욕탕, 원형극장, 신진, 묘지 등의
유물이 산재되어져 있었다.

그리고 앙카라와 카파토키아 사이에 있는 소금호수도
터키의 명물이 아닐 수 없었다.
제주도 크기와 비슷한 드넓은 호수 길이 80km,
폭 10km는 옛날에 지각 변동에 의해 바다가 솟아올라
형성된 내륙호수라고 한다.
우기에는 호수이지만, 6월부터 물이 말라 소금벌판이
된다, 이때 중장비로 채취하여 전국 각지로 팔린다.

신비의 나라 터키 (2)

터키는 역사 문화 종교 면에서도 신비롭기 그지없다.
역사와 문화로 보면 세계4대 고대문명 (BC4000-BC
3000)발생지 중 한곳이라고 볼 수 있다.
메소포타미아 문명의 축인 유프라테스강과 티그리스
강 발원지가 터키 코냐평원(1200m)이기 때문이다.
이곳에 BC1500년경 프리지아왕국이 형성되었다니
놀라지 않을 수 없다.

그 이후 현재에 이르기까지 약 3,500년 동안 이오니
아, 페르시아, 마케도니아, 동로마, 비잔티움, 쎌주크,
오스만, 터키공화국으로 변해왔으니, 그 얼마나 파란
만장한 역사인가?
얼마나 변화무쌍한 문화가 살아 숨 쉬었겠는가?

유럽과 아시아 두 대륙에 걸쳐있는 거대도시 이스탄
불을 좀 더 자세히 들여다보면 터키의 역사와 문화
에 대해 놀라지 않을 수 없다.
이스탄불은 그리스 식민지 시대인 BC 660년경에
비잔티움 이라는 도시이름으로 건설되어졌다.

BC330년경에 동로마제국의 수도가 되어 콘스탄티노
폴 이라고 불리어졌다.
그리고 1453년에는 오스만제국의 수도가 되었으며
이때부터 세계적인 도시로 널리 알려졌었다.
그러다가 1623년 터키공화국이 수립되면서 수도가
앙카라로 옮겨졌고, 1930년에 콘스탄티노폴은 이스
탄불로 개칭되었다.

이스탄불은 도시 건설 후 약 2670년 이라는 세월과
함께 여러 세력의 지배를 받았다.
하지만, 파손이 거의 없어 그리스, 로마 시대부터 오
스만제국에 이르기까지의 구시가지 전체가 세계문화
유산으로 지정되었다.
또한, 각 가지 역사적 유물 박물관이나 미술관이 잘
보존되고 있으니, 이 또한 신비롭지 않을 수 없다.

터키는 종교에 있어서도 신비스러운 나라인 것 같다.
국민 99%가 이슬람교 이지만 기독교, 유대교, 그리스
정교가 허용되고 있다.
종교와 정치를 분리시킨 나라로서 다른 이슬람 국가
에 비해 종교 규율 적용이 엄격하지 않은 편이란다.
이슬람교의 전통과 관행이 매우 중요시되지만, 토요

일과 일요일을 공휴일로 정하고 있으며, 이슬람
축제인 라마단도 개인적으로 지킨다고 한다.
뿐만이 아니라, 고대에 세워진 많은 그리스도교회가,
지금도 이슬람 사원(모스크)으로 사용되고 있다.

세계적 관광명소인 '성 소피아 성당'을 들어가 보면
극심한 종교분쟁을 슬기롭게 이겨낸 터키사람들이
신기하기만 하다.
이웃 중동국가들은 종교 때문에 고대로부터 지금까
지도 내분과 외환에 시달리고 있는데 말이다.

성소피아성당은 6세기 (532~537에 건축되어져 세계
어느 대성당보다 무려 1000년이나 앞서고 있다.
특이한 것은 기둥 하나 없는 돔 형식의 석조 건축물
이다. 세계 7대 불가사이의 중 하나로 손꼽히고 있다.
비잔티움 양식의 웅장함과 아름다움극치인 원형 건물
인데, 1453년에 오스만제국이 모스크(이슬람 사원)로
사용하면서 돔 바깥 네 귀에 로켓모양 탑을 세웠다.
그리고 실내의 기독교 성화는 석회 무늬로 덧칠했다.

1923년에 터키공화국이 설립되면서, 그리스를 비롯한
유럽 여러 국가들이 복구요구를 강하게 해서, 아기

예수를 안고 있는 마리아상 벽화와 기타 몇 점의
카톨릭 성화가 복구되어졌다.
그리스도교와 이슬람교가 서로 성소피아성당 소유권
을 주장하여서 애를 먹던 터키정부는, 1634년에 세
계인의 박물관으로 지정하여 그들의 분쟁을 종식시
켰다고 한다.

종교의 소용돌이에 애간장을 다 녹인 성소피아성당!
그는 인간들의 헛된 욕심을 알고 있는지 모르는지?
오늘도 묵묵히 아름다운 자태로 관광객을 맞는다.
세계인들은 이 건물을 보면서 어떤 생각을 할까?

지팡이 짚는 산책인

오늘도 동네 짚봉산 (해발 80m정도)에 오른다.

퇴임 후 8년째 틈만 나면 다니는 등산로다

천천히 걸어서 두 시간 가령 소요되는 길이다.

무릎이 퇴행성관절염인 나에겐 안성맞춤인 것 같다.

이 산책로에선 다양한 길손을 만날 수 있어서 좋고,

그 사람들 모습을 보면서 절로 원기가 생겨서 좋다.

담소하면서 지나가는 노익장들.

내가 한 발자국 옮길 때마다 두서너 걸음을 성큼

성큼 앞서 가는 장년들.

자전거 트래킹에 구슬땀을 훔쳐내는 청년들.

바람을 일으키며 잽싸게 뛰어가는 소년들.

부부 양손에 대롱거리며 그네 놀이하는 어린이들.

그들의 해맑은 박장대소가 귀청을 후비며 절로 웃음

을 짓게 한다.

산책길에서 만난 생동감 넘치는 여러 사람들의 모습

을 보면, 나도 모르게 힘이 솟고 과거의 추억에 젖

다가, 내 자신의 미래를 유추해 보기도 한다.

지팡이를 짚고 날마다 산책을 오는 백발노인에게 관심을 가진 것은 2년 전부터다.

그분의 키는 약간 작은 편이지만 체구는 여유롭게 풍만했으며, 늘 웃는 얼굴이었고, 행복과 평화로움이 그득한 하회탈 모습이었다.

그분의 자태를 볼 때마다 부러웠고, 정담을 나누고 싶은 충동을 억제해 볼 수가 없었다.

어느 날 오후 산등성에서 그분을 만났고, 벤치에 앉아서 이야기를 주고받을 수 있게 되었다.

공무원으로 퇴직을 하였으며 자영업을 하다가, 7년 전에 뇌출혈로 쓰러졌었다고 한다.

일찍 손을 써서 지금처럼 다리만 약간 전다고 하니, 내가 겪은 일처럼 반가웠었다.

그는 아팠던 후로 민물낚시로 세월을 낚았는데, 팔순이 되니 체력이 달려 산책으로 소일하게 되었단다.

낚시이야기가 나오자 귀가 솔깃해지고 반가웠다.

같은 취미생활이기 때문에 이야기가 꼬리를 물고 해가 서산으로 넘어갔다.

그 뒤로 간혹 산책로에서 만나면 반갑게 손을 잡고 서로의 안부를 묻곤 하였다.

그런데, 작년 가을부터 하회탈님이 보이지를 않는다.
산책하는 시간을 오전, 낮, 오후로 바꾸어가면서 살
펴보았지만 허사였다.
어느새 그분을 뵙지 못한 것이 석 달 이나 지났다.
어디 몸이 불편하신 것일까?
다른 중병으로 병원에 입원을 하신 것은 아닐까?

그분의 삶이 만사형통했을 것 같아서 어떻게 살아왔
기에 행복했는지 몇가지를 물어 보고 싶었는데.

형제자매와 부모님의 관계는 어떠했는지?
우리는 세상에 태어나면서 양친과 형제간에는 필연
적인 연을 맺는다. 그러기에 가정환경은 인간성장에
있어 큰 영향을 끼칠 수밖에 없다.
부모의 금실과 형제간에 우애가 지속되었다면 참으
로 행복한 삶이였을 것이다.

친구관계는 완만했으며 직업은 만족했는지?
사람은 살아오면서 소년기부터 노년기까지 친구와
함께하며 직업을 갖게 된다.
여기에 불만이 없는 삶이었다면 그 삶은 어느 정도
성공한 삶이 될 것이다.

자녀는 몇 명이나 두었으며 현재 어떻게 되었는지?
모든 생물은 종족 번식을 하기 마련이다.
후손들이 그런 데로 올바르게 자라서 사회에 이바지
하고 있다면, 무척 보람된 삶이었다고 볼 수 있겠다.

재테크와 건강관리의 비결은 무엇인지?
생활의 기본수단으로서 재테크를 현명하게 해온 방
법은 어떠했으며, 건강습관은 무엇인지 알고 싶었다.
이런 질문들이 뒤늦은 감이 있긴 하지만, 10년 연
상이기에 무엇인가 배울 것만 같아서였다.

최근에 혼자 묻고 답하며 씁쓸해지는 스트레스들을
풀어 볼 수 있지 않겠는가 하는 바람이었다.
하루 속히 쾌차하시어 만나 뵐 수 있기를 오늘도
애타게 기다리면서 짚봉산을 오른다.

제3부

시 수필(詩隨筆)과의 만남

1. 시수필의 특징

최근에 현대수필에서 제주대교수이며 수필가이고 문학 평론가인 안성수의 논문 수필오디세이「시수필을 찾아서」란 글을 읽고 즉시 동감했었다.

그는 논문부제 '새로운 수필형식과 그 실험'을 위해 목차를 ① 시수필의 개념과 미학 ② 시수필과 순수시의 미적거리 ③ 시수필의 창작 실험 ④ 시수필의 미래와 의의로 정하고 그 내용을 45쪽 분량에 싣고 있었다. 독자들의 시수필과 만남에 도움을 주고자 상기논문 ①과 ②를 간추려 요약 제시해 보면 다음과 같다.

시수필은 한마디로 수필을 시 형식으로 쓴 것이다. 수필 산문정신을 시의 형식에 담아낸 수필이다. 조어론적인 관점에서 시수필은 시+수필의 통합양식으로 생각할 수 있으나 주제가 되는 핵심장르는 수필이고, 시는 수필을 꾸며주는 형용사 기능을 수행한다. 지금까지 전통적인 문학의 서술양식이 산문과 운문으로 요약되어 왔다면, 새로운 세기에는 문학 장르 간의 통합이나 통섭을 통해서 보다 바람직한 서술방식을 모색할 수 있다.

이러한 장르간의 새로운 통섭적 문학양식의 등장은, 요즘 들어 일부 작가들의 미학적 논리가 뒷받침 되지 않는, 실험을 운운하는 것과는 그 기반이 다르다. 다시 말하면, 시수필은 그 나름의 미적 논리와 철학을 구비하고 있다는 점에서, 수필문학 발전의 새로운 돌파구로서의 가치와 의미를 지닌다.

이제 그 몇 가지 특징을 살펴보기로 하겠다.

첫째, 시수필은 내용상으로는 수필이지만 그 전달 형식은 시적 서술형식의 도움을 받는다.

둘째, 소재차원에서 시수필은 작가의 체험성에 바탕을 둔다. 그러므로 시수필은 경험을 삶의 진실성 속에서 용해시켜 증류해 내는 고백문학이다.

셋째, 시수필이 지향하는 음악성은 그것의 최대 장점이자 미적성취를 가져다

주는 요소이다.

넷째, 시수필은 수필문학의 문학성과 예술성을 증진시키는데도 기여한다.

다섯째, 시수필의 문장서술 난이도는 전통수필의 평이성과 소박성의 원칙을 따른다.

여섯째, 시수필은 소통과 인식의 차원에서 탁월한 대중성을 지닌다.

마지막으로, 시수필은 이질 장르인 수필(내용)과 시(형식) 사이에서 장르 간 통섭을 지향함으로써 풍부한 상호 보완성을 함유한다.

2. 시수필과 순수시

〈시수필과 순수시의 미적거리〉

내 용	시수필	순수시
소재 취재 범주	체험적 고백산물	허구의 상상산물
수사법 활용	진솔과 통찰	비유와 상징
절제와 함축	간결하고 평이함	고난도 어휘 무제한
서술어 난이도	평이성과 소박성	최상의 상상력서술
언어의 품격	필수적인 요건	필수 조건 아님
철학성 함유	깨달음 인식한 삶	순간 감정 독창 표현
상상력의 활용	문장 전개 동력 아님	허구적 창조 원동력
서술화 자위상	작가 1인칭 서술	숨은 이미지 전달
진실성 유형	삶 성찰 증류	시인 상상 세계
진실성의 제고	경험적 소재고백	상상력 구조화
미의식과 인생관	삶의 공간 발현 미	허구적 이상 세계 미
인간성 제시	역사속 실제 인간	이상적인 인간모델
닝송 및 효과	낭송과 동시 소통	즉시 인식불가

3. 시수필과 산문수필

시수필과 산문수필은 본성과 정체성의 측면에서는 크게 다를 바가 없으나, 아래와 같은 미적거리를 지닌다. 그러나 이러한 차이가 시수필과 산문수필의 미적 가치 우열을 의미하는 것은 결코 아니다.

내 용	시수필	산문수필
음악성의 창조방식	행길이와 연길이를 통해 의미구조 운문화.	문장의 내재적 리듬으로 음악성 서정성 제고,
길이와 분량	제한 없으며 비교적 짧은 편임.	원고지13~15매간혹 5매, 30매
수사의 강도와 비 중	비유와 상징이 평이하고 소박해야함.	수사법의 선택이 비교적 자유로운 편임.
서술 전략	예시와 비유, 상징을 즐겨 씀.	묘사와 설명에 대한 의존도가 높음
주제와 인간상 형상화	직접 제시법이나 구조 전체에 의존	주제와 인간 형상화가 자유로움
가독성과 열독성	산문수필과 동일하나 평이하고 간결함	독특한 흥미거리, 매력적 의미, 격조 높은 품격 내포
창작과 독서 시간	산문과 운문 혼용 독서 시간 단축	긴 서술 전략, 독서 시간 다소 필요
독자대중의 접근성	읽을 분량이 짧아 접근 용이함	읽을 분량이 다소 많음

'내 고향은 천사의 섬' 시수필집 발간을 축하하며

서 양 순 (수필가)

천사의 섬 수필집 발간을 진심으로 축하합니다.

저자 김덕일 작가님은 이름에서 말해 주듯 한결 같은 마음으로 덕을 쌓아 금자탑을 이루신 분입니다. 한번 인연을 맺으면 변함없이 연락을 주고 받으며 인연의 끈을 놓지 않는 덕인이십니다. 그리고 지독한 독서가요 노력형이십니다. 목포사범학교를 졸업하고 초등학교에 재직하면서 중고등학교 검정고시에 합격하여도 장학관까지 거친 유능한 행정가이기도 합니다.

그는 독자들의 가슴에 감동을 일으키는 글을 선사합니다. 그의 작품은 우리생활의 주변의 이야기가 주 소재입니다. 공감을 일으키는 작품들입니다. 산을 오르는 사람들에게 땀을 씻어 주는 시원한 바람과 같고 미소를 안겨 주는 풀꽃처럼 아름답습니다. 읽으면 읽을수록 향기가 묻어납니다. 그는 바다를 좋아합니다. 갯내음 풍기는 바다는 그의 요람이요 삶의 본원인지도 모릅니다. 그에게 바다는 행복의 산실이요 평화의 근원지인지 입니다. 바다에 낚시를 드리우는 그의 모습은 해밍웨이의 근엄한 모습을 연상케 합니다.

　그는 천사(1004)의 섬에서 태어나서 자랐습니다. 잔뼈가 자란 곳입니다. 술 한
잔 거나하게 드는 날이면 천사의 노래를 부릅니다. 그 많은 섬들을 거의 답사를
마쳤다고 합니다. 이제 답사가 끝났으니 천사의 섬 노래를 목청껏 부를 때가 되
었나 봅니다. 칸트는 스스로 생각하고, 스스로 탐구하고, 제 발로 서라고 했습니
다. 그 많은 섬을 찾아보는 일은 자기의 자립을 의미합니다. 공자는 배우고 생각
하지 않으면 어둡고, 생각하고도 배우지 않으면 위태롭다고 했습니다. 사색과 독
서는 두 수레바퀴와 같습니다. 사색 없는 독서는 지식의 과잉을 초래할 뿐입니
다. 사색을 통해 새로운 지식을 얻고 사색을 통해 제 발로 서는 것이 올바른 사색
이라 했습니다.

　천사의 섬 속에 배어있는 김덕일 작가님의 사색의 몸부림을 함께 공유하고 싶
습니다.

하회탈의 미소

최 정 웅 (시인)

천사(1004)섬
신안 압해도에서
천사(天使)같은 사람이 나고 자랐다.

유년 시절에는
푸른 바다를 바라보며
끝없이 펼쳐진 갯벌에서
바닷게와 술래잡기를 하고
갈매기의 노래를 들으며
푸른 꿈을 키웠다.

장성한 그는
비바람 오랜 세월 한 생애를
천사같은 아이들을 가르치며
보배로운 삶을 살았나니
그의 가르침을 받은 아이들은
모두 모두
순금빛으로 빛나는 밝은 해가 되어
이 세상을 빛내고 있다.

우리는 그를 하회탈이라고 부른다.
얼굴은 하회탈을 닮았지만
마음은 순금빛으로 찬연하게 빛나고 있다.

그가 쓴 시수필(詩隨筆)은
한폭의 그림같은 시(詩)가 되고
한편의 이야기 같은 수필(隨筆)이 되어
그의 작품을 펼치면
이 세상 높고 낮은 곳에
향기로운 꽃으로 피어나고
튼실한 열매가 되어
글을 사랑하는 우리에게 큰 기쁨을 주고
문학의 새로운 실크로드로 안내하였다.

오늘도
소탈한 인간미
순박한 그를 만나면
내 입가에도 행복한 미소가
꽃으로 핀다.

사람의 마음을 이끌게 하는
환하게 웃는 얼굴
걸쭉한 목소리
그대 하회탈이여!

인간 진국이 펼친 사건

조 수 웅 (소설가)

나는 김덕일 수필가를 '인간 진국'이라 부른다. 따라서 그가 쓴 수필도 '진국'이 아닐 수 없다는 생각이다.

작가란 일반인에 비해 창작에 필요한 남다른 기교가 있는 것이 사실이지만, 문학 작품을 다만 창작 기술의 소산으로 보면 곤란하다는 말을 나는 자주해왔다. 단적으로 말하면, 창작은 기교에 앞서 작가 정신이 더 중요하다는 주장이다. 왜냐하면 문학 작품이란 인간탐구의 결과물이고 나아가 인간의 정신을 표현하는 한 형태로써 세계를 해석하는 인식틀(conceptional framework) 역할을 하기 때문이다. 또 다른 어느 예술보다도 가치 지향적 성격이 강하기 때문이다. 따라서 창작에는 기교를 익히는 일보다 치열한 정신 활동을 몸에 익히는 일이 더 우선이라는 말이다. 수필은 개성문학이기에 더욱 그렇다. 소설은 허구(fiction)이고 시나 희곡, 우화, 동화 등은 허구적(fictional)이지만, 수필은 작가의 개성이나 성격을 직접적으로 표현해야 한다는 점에서 논픽션(nonfiction)에 가깝다. 그래서 다른 장르에 비해 가장 개성적인 문학이라고 할 수 있다. 또 형식이나 내용에 아무런 제약 없이 자기를 솔직히 내보인다는 점에서도 가장 개성적인 글이다. 그런 측면에서 수필가 김덕일을 바라보면 영락없는 진국이다. '인간 진국' '수필 진국'이 딱 들어맞는다.

언젠가 주석에서 그가 외딴섬중학교에 남보다 오래 근무하게 된 까닭을 이야기했다. 다들 1년이면 상륙하는 그곳에서 유독 그만은 3년을 기다리게 된 사연이다. 1년 근무를 마치고 전보를 원했으나 다들 발령이 나고 혼자 남더라는 것이다. 왠고 알고 봤더니 인사 담당자에게 인사를 안 갔기 때문이라는 것이다. 그래서 다음 해에는 간단한 선물을 사들고 인사를 갔으나 또 혼자만 발령 받지 못하다가 끝내는 인사가 뭔지를 선배로부터 제대로 배운 후에야 상륙할 수 있었다는 우스개를 털어놓았다. 이 일화는 그가 얼마나 순수한 가를 단적으로 보여준다. 워즈워드 시에 나오는 '어린이는 어른의 아버지'라는 구절을 떠올리게 해준다. 그의 삶은 온통 그런 식이다. 그 글도 마찬가지다.

그런 그에게 '천사의 섬' 출간은 또 다른 의미가 있다. 그 청정무구한 삶을 마무리하고자 하는 숭고한 의미 말고도 시와 수필의 장르를 넘다드는 '시수필'을 시도한 일이다. 다아시는 대로 문학을 표현 양식에 따라 나누면, 1인칭 작중 화자(시적 자아)가 자신의 느낌, 감동, 의지를 표출함으로써, 작품 외적 세계의 개입 없이 이루어지는 소위 '세계의 자아화'(주관적)인 서정(抒情) 즉 시, 서술자가 어떤 인물의 행위를 줄거리가 있는 사건으로 이야기함으로써, 작품 외적 자아의 개입으로 이루어지는 '자아와 세계의 대결'(객관적)인 서사(敍事) 즉 소설, 서술자 없이 인물의 행위를 현재 진행형의 사건으로 제시함으로써, 작품 외적 세계의 개입 없이 이루어지는 '자아와 세계의 대결'(주+객관적)인 극(劇) 즉 희곡, 실제의 경험, 사실과 생각을 기록 전달(객관적, 이야기 아님)함으로써, 작품 외적 자아의 개입으로 이루어지는 '자아의 세계화'인 교술(敎術) 즉 수필, 네 장르가 된다. 이중 수필은 사물을 객관적으로 묘사·설명해주며, 객관성을 유지한다는 점에서 서정이 아니고, 이야기가 아니라는 점에서 서사도 아니다. 그러니까 시는 세계를 주관적인 의미로 해석함으로 자아 쪽이지만 반대로 수필은 세계를 있는 그대로 표현함으로 세계 쪽이다. 이 상반된 두 장르를 통섭의 개념으로 아우르는 김덕일 수필가의 문학적 역량이 '천사의 섬'에 오롯이 드러난다.

그래서 인간 진국 작 '천사의 섬' 출간을 나는 예삿일이 아닌 문단사의 사건으로 친다.

김덕일의 행복

조 영 일 (시인)

세상이 열리고, 빛이 내리고, 수많은 변화와 생성 속에 우리들은 생각하는 사회적 동물로 태어났습니다.

1940년대 대한민국 호남 땅.

노령의 큰 산줄기와 영산강이 흐르고, 큰 바다 크고 작은 섬들이 그림 같이 어우러진 전라도. 그 속에서 남성으로 나고 자람 속에 사회적 관계가 형성되고 끊어지고 소멸되고 이어지고를 반복하며 오늘을 살고 있습니다.

수필집을 출간하는 원로 수필가 김덕일의 인간에 대해서 단상의 글을 써주시라는 부탁말씀을 듣고 나는 거절을 하였습니다. 왜냐하면 수필을 더 잘 이해하는 원로가 어떻겠냐며 의사를 밝혔지만 거듭 강조하시는 말씀에 어려운 글을 쓰게 되었습니다.

우리는 각자의 생활이 있고 그 생활 속에 역사가 있다. 그 역사 속에 인간관계가 있습니다.

나는 행복하기 위한 5가지 조건 이야기를 하려고 합니다.

행복하기 위한 5가지를 말한 사람이 우리의 조상 중에 누구였으면 얼마나 좋았을까. 그것도 먼 나라 먼 옛날의 철학자 플라톤입니다.

플라톤은 우리 인간에게 행복하기 위한 조건 5가지를 말했습니다.

이 5가지가 그 시대 플라톤의 생활이었을까? 그 제자들이 플라톤의 연설을 듣고 정리한 것일까?

아무튼 2000년대를 살고 있는 우리들에게 플라톤은 철학의 예지와 선견으로 행복하기 위한 조건 5가지를 말했습니다.

〈나〉와 5가지 조건을 비교하며 생각해 보았습니다.

〈나〉 대신 김덕일과 비교하며 생각해 보았습니다.

1. 먹고 입고 살기에 조금은 부족한 듯 한 재산
2. 많은 사람들이 칭찬하기에는 약간 부족한 외모
3. 자신이 생각하는 것의 절반밖에 인정받지 못하는 명예
4. 남과 겨루어 한 사람은 이겨도 두 사람에게는 질 정도의 체력
5. 강의를 했을 때 듣는 사람의 절반 정도만 박수를 치는 말솜씨

행복하기 위한 5가지를 쓰며 신언서판(身言書判)을 떠올리기도 하였습니다. 플라톤의 행복의 조건은 '완벽함'이나 '완성'이 아닌 '부족함'에서 여유로움을 찾고 있습니다.

급변하고 미궁 속에 살고 있는 현대. 나날의 삶 속에 기도하며 사랑의 사과나무를 심는 그에게 행복이 있습니다.

바다를 보고 자란 소년이 인생 후반전 글과 함께 바다와 함께 진정으로 조용한 행복을 가꾸고 누리고 있는 모습 아름답습니다.